El Gato Negro
y otros relatos

Plutón
Ediciones

COLECCIÓN
MISTERIO

El Gato Negro
y otros relatos

Edgar Allan Poe

TRADUCCIÓN: BENJAMIN BRIGGENT

© Plutón Ediciones X, s. l., 2012

Décima Quinta Edición: 2025
Décima Sexta Edición: 2026

Diseño de cubierta: Alejandro Díaz
Maquetación: Saul Rojas

Edita: Plutón Ediciones X, s. l.,

E-mail: contacto@plutonediciones.com
http://www.plutonediciones.com

I.S.B.N anterior: 978-84-15089-38-4

I.S.B.N: 979-13-87692-01-8
Depósito Legal: B-3795-2025

Impreso en China / Printed in China

ESTUDIO PRELIMINAR

Un día apareció en el periódico norteamericano *Saturday* un relato que se iniciaba...

Ni deseo ni quiero que se dé crédito a la historia más maravillosa, y la vez, más familiar, que vaya a relatar. Siendo un caso en el que mis propios sentidos no pueden aceptar su testimonio, yo tendría que estar verdaderamente demente si así lo creyera.

La narración tuvo éxito. Era la historia de un suceso de terror sin necesidad de mencionar el nombre de los personajes... ¿A quién se debía su autoría?

Al bostoniano Edgard Allan Poe, nacido en 1809, de padres actores de una compañía teatral ambulante. Antes de cumplir los tres años quedó huérfano y un comerciante de Virginia, John Allan, lo acogió, le dio su apellido, si bien nunca lo reconoció oficialmente. Aunque su madre adoptiva lo rodeó de mimo. Sus desavenencias con el que le hacía de padrastro fueron constantes. Fue un estudiante universitario brillante, pero a final de primer curso fue expulsado del centro por deudas del juego. En Richmond, la capital, recibió un ultimátum: tenía que estudiar, quisiera o no, abogacía o comercio, pero Poe deseaba ser poeta y tras una escenita de pronóstico, abandonó su hogar y se dirigió a Boston para labrarse un porvenir como escritor. Escribió un primer libro sin éxito y se enroló en el ejército con el falso nombre de Edgard Perry. Alcanzó el grado de sargento mayor.

Al saber que su madrastra había muerto, volvió a Richmond y su padrastro le ayudó para que entrara en la Academia de West Point. Expulsado por indisciplina, la ruptura con su familia adoptiva fue definitiva.

Refugiado en Baltimore, en casa de su tía Mary Clemm, que vivía con su hija Virginia, casi una niña, Poe termina casándose con ella, pero once años más tarde su esposa muere y se queda completamente desolado. Cierto que había dejado tras de sí una retahíla de amoríos, ficticios o no, frustrados o imposibles con vecinas de Richmond, madres de sus amigos, con mujeres casadas... Poe era incapaz de mantener un matrimonio como los cánones mandaban y finalmente se refugió en una niña que se le murió en plena juventud. Su muerte prematura, en 1847, fue el principio del fin. Su etilismo se le agudizó, y en 1849 fue recogido inconsciente en las calles de Baltimore, víctima de una terrible borrachera (¿su padre biológico, tuberculoso, había sido también borracho?...) que se prolongó durante varios días hasta su muerte, sin duda a causa de un nuevo ataque, aunque ello ofreció por algún tiempo un tema para un enigma policíaco de los que tantos había escrito. Se dijo que Poe había muerto a consecuencia de la propaganda electoral de su país: unos caciques usaron con él, para decidirle a votar a no sé quién, el procedimiento de obligarle a beber *con el fin de convencerle* y como estaba saturado, naturalmente le mataron. Pero, yo me pregunto: ¿votó antes de morir? Sería una lástima que los respetables candidatos de aquella supuesta democracia anterior a la Ley Seca, hubiesen perdido el importe del alcohol invertido en su propaganda si, al desordenado bohemio, se le ocurre morir antes de emitir el voto...

SU FAMA LITERARIA

Su carrera literaria inició su triunfo cuando en 1833 ganó el primer premio de un concurso literario en Baltimore con su cuento *Manuscrito hallado en una botella,* que le abrió las puertas a un puesto de redactor en el *Southern Literary Messenger* y a otras revistas y periódicos, tanto como crítico, redactor y autor. Allí aparecieron sus poemas, singularmente *El Cuervo,* cuentos fantásticos, de terror, entre los que destacaría *El escarabajo de oro*, otros policíacos y narraciones extraordinarias, así como su única novela *La narración de Arthur Gordon Pym.* Relatos que no han dejado de publicarse hasta nuestros días, hasta alcanzar los sesenta y seis. Pocos autores del romanticismo están como Poe tan identificados con los personajes que pintan. En Poe encontramos autobiografía a cada paso. No importa que lo retratado sea fantástico, monstruoso, deforme, engendro de pesadilla. En cualquier instante, algunos de los fantasmas nos deja ver la cara alucinante de Edgard Allan Poe.

Se conserva de él un daguerrotipo que da escalofríos. Los ojos de Poe de un verde (o azul) lívido como las aguas de la laguna de la casa Usher (uno de sus relatos) son los ojos de un demente. Pero lo más sorprendente es su letra, su escritura. Una letra que nadie diría propia de un romántico arrebatado. Una letra desconcertante: menuda, regular, fría, que se diría de un escribiente de notario o de un usurero (¿el Mister Scrooge de Dickens?). ¿Es realmente su letra, o una de sus muchas letras? Porque Poe es un romántico especial, un romántico que se parece demasiado a un director de cine moderno de suspense (no en vano muchos de sus relatos han sido llevados a la pantalla con éxito) y curiosamente no era un débil de cuerpo, sino un auténtico atleta y un gran nadador que las circunstancias minaron.

Con todo este bagaje, Edgard Allan Poe supo ser a la vez no sólo el padre de los relatos de terror, sino uno de los humoristas más geniales, aplastantes y hasta, diríamos, gamberros de Norteamérica.

Poe será fantasía desbordada y *delirium tremens*, pero también canción, aventura, infantilismo, memoria y músculo. En su cuento *Elegancias* se pondrá en solfa a todos los snobismos, a todas las ideas y a todas las manías, a todos los coleccionismos, a todos los sistemas filosóficos, a todos los *ismos*...con un solo cuento de apenas tres páginas.

Otras veces se deja llevar por su inclinación hacia la filosofía de la ciencia que plasma en uno de sus cuentos con la llegada en globo a la luna o la travesía de Este del Atlántico en medio de un temporal.

Sus intentos de alquimista, la leyenda del buque fantasma... el problema del espiritismo y la posibilidad de mantener la vida en estado hipnótico. Horror, pasión, terror, fantasía, ciencia y morbo, mucho morbo, todo se compendia en la obra de Poe y hasta narraciones grotescas como *La noche mil dos de Scherezade*, en la que expone que la verdad puede ser más extraña que la ficción; o *El Sistema del Doctor Alquitrán y del Profesor Pluma*. Esta última es la historia de unos locos que escapan de sus celdas y encierran en ellas al director y a los médicos del manicomio; después se visten de director y de médicos; embrean y empluman a los cuerdos y reciben visitas. Moraleja: en el manicomio a veces están más locos los de fuera que los de dentro...

Pero además, Poe fue el creador de la novela policíaca con *Los crímenes de la calle Morgue*. Relato fundacional del género policíaco, con la creación del detective aficionado dotado de un genio analítico y deductivo que le permite resolver los casos más intrincados. La creación de un personaje secundario, amigo del detective. Todo ello claro antecedente de los inolvidables personajes de Sir Arthur Conan Doyle... Finalmente a Poe se le debe la invención de uno de los argumentos clásicos del género: el enigma de la habitación cerrada.

EL GATO NEGRO
Y OTROS RELATOS

EL GATO NEGRO

Ni deseo ni quiero que se dé crédito a la historia más maravillosa, y la vez, más familiar, que vaya a relatar. Siendo un caso en el que mis propios sentidos no pueden aceptar su testimonio, yo tendría que estar verdaderamente demente si así lo creyera. Pero, no estoy desequilibrado, y, con toda certeza, tampoco es un sueño. Pero por si mañana dejo de vivir, hoy quisiera aliviar mi alma. Lo que deseo ante todo es enseñar al mundo, de manera precisa, clara y sin comentarios, un conjunto de simples acontecimientos domésticos que, por sus consecuencias, me han amedrantado, inquietado y abrumado. A pesar de todo, no es mi intención aclararlos. El único sentimiento que me han producido es el de horror; pero a la gran mayoría de la gente les parecerán mucho menos terribles que *barroques*. Quizá en un futuro haya una inteligencia que reduzca mis fantasmas a un lugar común. Alguna inteligencia más tranquila, más lógica y mucho menos excitable que la mía, encontrará tan sólo en las circunstancias que describo con pánico una serie normal de causas y efectos naturales.

Desde mi niñez la docilidad y humanidad de mi carácter sorprendieron. La ternura de mi corazón era tan enorme, que me había convertido en el juguete de mis amigos. Los animales eran mi verdadera pasión, y mis padres me permitieron tener una enorme variedad de ellos. Me pasaba la mayor parte del tiempo con ellos, y jamás me sentía más feliz que cuando les daba de comer o los acariciaba. Con el tiempo creció esta particularidad de mi carácter, y cuando llegué a la madurez hice de ella una de mis principales fuentes de placer. Los que han profesado afecto a un perro fiel y sagaz no necesitan una explicación de la naturaleza o intensidad de la satisfacción que eso puede provocar. En el amor sin condiciones de un animal, en el sacrificio de sí mismo, hay algo que llega directamente al corazón del que a menudo ha tenido oportunidad de comprobar la amistad falsa y la frágil fidelidad del *hombre*.

Me casé joven y tuve la suerte de descubrir en mi mujer una disposición similar a la mía. Habiendo advertido mi predilección por los animales domésticos, no perdió la oportunidad de proporcionarme los de las especies más agradables. Tuvimos pájaros, un pez de color de oro, un extraordinario perro, conejos, un mono pequeño y un *gato*.

Este último animal era muy fuerte y hermoso, totalmente negro y de una sagacidad extraordinario. Mi mujer, que era, en el fondo, un poco supersticiosa, hablando de su inteligencia, aludía con frecuencia a la antigua creencia popular que consideraba a todos los gatos negros como brujas disfrazadas. Esto no significa que siempre hablara *en serio* sobre este particular, y lo menciono simplemente porque acabo de recordarlo.

Pluto —así se llamaba el gato— era mi amigo preferido. Únicamente yo le daba de comer, y a cualquier lugar que fuese de la casa, él me seguía. Incluso me resultaba difícil impedirle que me siguiera por la calle.

Nuestra amistad duró varios años, durante los cuales mi carácter y mi temperamento —me ruborizo al confesarlo—, por causa del demonio de la intemperancia, sufrió una modificación radicalmente nefasta. De día en día me hice más intratable, más irritable, más indiferente a los sentimientos de los otros. Utilicé con mi mujer un lenguaje cruel, y con el tiempo la amargué incluso con agresiones personales. Evidentemente, mi pobre favorito debió de percibir la transformación de mi carácter. No sólo los ignoraba, sino que además los maltrataba. Pero, en cuanto a *Pluto,* aún despertaba en mí cierta consideración, lo que evitaba que le hiciera daño. Por el contrario, no sentía ningún reparo en maltratar a los conejos, al mono e incluso al perro, cuando, por azar o cariño, se cruzaban en mi camino. Pero mi mal iba aumentando, porque, ¿qué enfermedad admite una comparación con el alcohol? Con el paso del tiempo, el mismo *Pluto,* que envejecía y, evidentemente se hacía un poco insociable, empezó a sufrir las consecuencias de mi carácter cruel.

Una noche que regresaba a casa completamente borracho, de vuelta de una de mis frecuentes correrías por el barrio, sentí como si el gato evitara mi presencia. Lo cogí, pero él, asustado por mi violento comportamiento, me hizo con los dientes una pequeña herido en la mano. De repente una furia demoníaca se apoderó de mí. En ese mismo instante tuve la impresión de ser un desconocido para mí mismo. Sentí como si, mi alma original se hubiese separado de mi cuerpo, y una ruindad diabólica, saturada de ginebra, se filtró en cada rincón de mi ser. Extraje del bolsillo de mi chaleco un cortaplumas, lo abrí, cogí al pobre animal por la garganta e, intencionadamente, le saqué un ojo... Me invade la vergüenza, me abrasa, tiemblo al escribir esta barbaridad tan repugnante.

Cuando, a la mañana siguiente, hube recuperado la razón, cuando se hubieron disipado los vapores de mi crápula nocturna, sentí una sensación entre horror e inquietud, por el crimen que había perpetrado. Pero, todo lo más, era un débil y equívoco sentimiento, y el alma no se vio resentida. De nuevo me sumí en los excesos, y en breve ahogué en el vino todo recuerdo de lo ocurrido.

Mientras tanto el gato iba recuperándose poco a poco. La órbita del ojo perdido presentaba, es cierto, un aspecto horrible. Pero con el paso del tiempo, no pareció que sufriera. Según su costumbre, paseaba por todos los rincones de la casa; pero, como debí imaginar, en cuanto veía que me acercaba a él, huía aterrado. Todavía me quedaba algo de mi antiguo corazón para que aquella evidente antipatía me consternara en una criatura que en el pasado tanto me había estimado. Pero este sentimiento no tardó en ser sustituido por la irritación. Como para mi caída final e irrevocable, apareció entonces el espíritu de *perversidad,* espíritu que la filosofía no tiene mucho en cuenta. No obstante, tan seguro como que existe mi alma, pienso que la perversidad es uno de los principales impulsos del corazón humano, una de esas indivisibles primeras facultades o sentimientos que dirigen el carácter del hombre. ¿Quién no se ha sorprendido en múltiples ocasiones cometiendo una acción necia o malvada, por la única razón de que sabía que no debía cometerla? ¿No tenemos una permanente inclinación, pese a lo excelente de nuestro juicio, a transgredir lo que es la ley, únicamente porque entendemos que es la *Ley?*

Este espíritu de perversidad provocó mi ruina total. El vivo e insondable anhelo del alma de atormentarse a sí misma, de violentar su propia naturaleza, de provocar el mal por amor al mal, me empujaba a continuar y finalmente a consumar el suplicio que había infligido al inocente animal. Una mañana, a sangre fría, pasé un nudo corredizo alrededor de su cuello y lo colgué de la rama de un árbol. Lo ahorqué con mis ojos repletos de lágrimas, con el corazón lleno del más amargo desasosiego. Lo ahorqué porque sabía que él me había amado, y porque reconocía que no me había dado ningún motivo para enfadarme con él. Lo ahorqué porque sabía que al hacerlo cometía un pecado, un pecado mortal que pondría en peligro a mi alma inmortal, hasta el punto de situarla, si esto fuera posible, lejos incluso de la misericordia infinita del dios más terrible y misericordioso.

En la noche siguiente al día en que fue cometido un acto tan cruel, me despertó del sueño el grito de: "¡Fuego!" Ardían las cortinas de mi habitación. La casa era una inmensa hoguera. Con grandes dificultades, mi mujer, un criado y yo conseguimos huir del incendio. Todo quedó totalmente destruido. Quedé arruinado, y caí desde aquel momento en la más completa desesperación.

No pretendo establecer una relación entre causa y efecto con respecto a la atrocidad y el desastre. Estoy por encima de tal debilidad. Pero me limito a detallar una cadena de acontecimientos y no quiero omitir ningún eslabón. Al día siguiente al del incendio visité las ruinas. Todas las paredes, excepto una, se habían desmoronado. Esta sola excepción la formaba un delgado tabique interior, ubicado casi en el centro de la casa, contra el que se apoyaba la cabecera de mi cama. Allí la fábrica había resistido en gran parte a la acción del fuego, hecho que atribuí a haber sido renovada hacía poco. En torno a aquella pared se reunía la multitud, y varias personas examinaban una parte del muro atenta y minuciosamente. Despertaron mi curiosidad las palabras: "extraño", "singular", y otras expresiones similares. Me aproximé y vi, a modo de un bajorrelieve esculpido sobre la blanca superficie, la figura de un gigantesco gato. La imagen estaba copiada con una precisión verdaderamente extraordinaria. Alrededor del cuello del animal había una cuerda.

En cuanto vi esta aparición —porque yo no podía considerar aquello otra cosa que una aparición—, mi asombro y mi terror fueron extraordinarios. Por fin acudió en mi ayuda la reflexión. Recordaba que el gato había sido ahorcado en un jardín contiguo a la casa. A los gritos de alarma, el jardín fue invadido de inmediato por la muchedumbre, y el animal debió de ser descolgado por alguien del árbol y lanzado a mi dormitorio a través de una ventana abierta. Sin duda, la finalidad de ello era despertarme. El desmoronamiento de las restantes paredes había comprimido a la víctima de mi crueldad contra el yeso recientemente extendido. La cal del muro, junto a las llamas y el *amoníaco* del cadáver, produjeron la imagen que ahora se veía.

De este modo mi razón quedó enseguida satisfecha, pero no mi conciencia, no dejó, sin embargo, de grabar en mi imaginación una huella profunda el asombroso hecho que acabo de relatar. Durante algunos meses no pude liberarme del fantasma del gato, y en todo este tiempo nació en mi alma una especie de sentimiento similar, aunque no lo era, al remordimiento. Incluso llegué a lamentar la pérdida del animal y a buscar en torno mío, en los miserables antros que frecuentaba habitualmente, otro animal de la misma especie y de aspecto parecido que pudiera ocupar su lugar.

Una noche estaba sentado, medio aturdido, en una taberna infame, cuando, de repente, atrajo mi atención un objeto negro que yacía en lo alto de uno de los enormes barriles de ginebra o ron que constituían el mobiliario principal de la sala. Hacía ya algunos momentos que miraba a lo alto del tonel, y me sorprendió no haber advertido el objeto situado encima. Me aproximé a él y lo toqué. Era un enorme gato negro, tan fuerte como *Pluto,* al que se parecía en todo menos en un detalle: *Pluto* no tenía un solo pelo blanco en todo el cuerpo, pero éste tenía una señal ancha y blanca aunque de forma indefinida, que le cubría casi todo el pecho.

En cuanto puse mi mano sobre él, se levantó en seguida, empezó a ronronear con fuerza, se restregó contra ella y pareció contento de mi atención. Era pues, el animal que yo andaba buscando. Rápidamente le propuse al dueño su compra, pero éste no mostró interés alguno por el animal. Ni lo conocía ni lo había visto hasta aquel momento.

Seguí acariciándole, y cuando me disponía a volver a casa, el animal se mostró dispuesto a acompañarme. Se lo permití, e inclinándome de vez en cuando, caminamos hacia mi casa acariciándole. Cuando llegamos a casa, se encontró como si fuera la suya, y rápidamente se convirtió en el mejor amigo de mi mujer.

Por mi parte, pronto apareció en mí una antipatía hacia el animal. Era, pues, exactamente, lo contrario de lo que yo había esperado. No sé cómo ni por qué ocurrió esto, pero su evidente ternura me disgustaba y casi me agobiaba. Poco a poco, estos sentimientos de disgusto y molestia aumentaron hasta convertirse en la amargura del odio. Yo procuraba evitar su presencia. Una especie de vergüenza, y el recuerdo de mi primera crueldad, me impidieron que lo maltratara. Durante algunas semanas me abstuve de pegarle o de tratarlo con violencia; pero paulatinamente, sin darme cuenta, llegué a sentir por él un inexplicable horror, y como si fuera la peste, traté de eludir su odiosa presencia.

Lo que quizás aumentó mi odio por el animal fue el descubrimiento que hice en la mañana del día siguiente de haberlo llevado a casa. Igual que *Pluto*, también él había sido privado de uno de sus ojos. Pero este hecho contribuyó a hacerlo más grato a mi mujer, que, como he dicho ya, poseía una enorme ternura de sentimientos, un rasgo que en tiempos pasados mi rasgo característico y la fuente de mis placeres más sencillos y puros.

El cariño que el gato me demostraba parecía aumentar de manera proporcional a mi odio contra él. Con una perseverancia imposible de hacer comprender al lector, iba siempre tras mis pasos. En cuanto me sentaba, se acurrucaba bajo mi silla, o saltaba sobre mis rodillas, cubriéndome con sus repugnantes caricias. Si me levantaba para andar, se metía entre mis piernas y casi me hacía caer, o bien, clavando sus largas y afiladas garras en mi ropa, trepaba por ellas hasta mi pecho. En esos momentos, aun cuando hubiera deseado matarlo de un golpe, en parte el recuerdo de mi primer crimen me lo impedía; pero, sobre todo, debo confesarlo, el verdadero *terror* hacia animal.

Este terror no era exactamente el de un mal físico, y, sin embargo, me sería muy difícil definirlo de otra forma. Casi me avergüenza el admitirlo. Aun en esta celda de criminal, casi me avergüenza reconocer que el horror y el pánico que me inspiraba el animal habían aumentado a causa de una de las fantasías más perfectas que es posible concebir. En numerosas ocasiones, mi mujer había llamado mi atención con respecto a la forma de la mancha blanca de que he hablado y que constituía la única diferencia perceptible entre el extraño animal y aquel al que yo había quitado la vida. No hay duda de que el lector recordará que esta señal, aunque grande, tuvo en su origen una forma indefinida. Pero poco a poco, de manera regular y de forma casi imperceptible había terminado adquiriendo una nitidez rigurosa en sus contornos, así es que mi razón se esforzó durante largo tiempo en considerarla como imaginaria. Ahora era la imagen de un objeto que me hace temblar cuando lo nombro. Era, sobre todo, lo que me hacía mirarle como a un monstruo de horror y repugnancia, y lo que, si me hubiera atrevido, me hubiese animado a librarme de él. Era en estos momentos, repito, la imagen de algo abominable y siniestro: la imagen ¡de la *horca!* ¡Oh lúgubre y terrible máquina, máquina de horror y de crimen, de muerte y de amargura!

Yo era, por aquel entonces, en verdad, un miserable, más allá de todas las miserias posibles de la Humanidad. Una *bestia* bruta, cuyo hermano fue destruido por mí con arrogancia, una *bestia* bruta engendraba en mí, hombre formado a imagen del Altísimo, tan grande e insoportable adversidad. ¡Ay! Ni de día ni de noche conocía yo la paz del descanso. Ni un solo momento, durante el día, me dejaba el animal. Y de noche, a cada momento, cuando salía de mis sueños lleno de insoportable angustia, era tan sólo para sentir el aliento cálido de *aquella cosa* sobre mi cara y su enorme peso, encarnación de una pesadilla que yo no podía separar de mí y que parecía posada eternamente en *mi corazón.*

Bajo tales tormentos sucumbió lo poco que quedaba de bueno en mí. Perversos pensamientos se convirtieron en mis íntimos; los más sombríos, los más infames de todos los pensamientos. La tristeza acostumbrada de mi mal humor aumentó hasta hacerme odiar todas las cosas y a la Humanidad al completo. Mi mujer, sin embargo, jamás se quejaba. ¡Ay! Era mi paño de lágrimas de siempre. La más paciente víctima de las repentinas, frecuentes e incontroladas explosiones de furia a las que ciertamente me abandoné desde aquel momento.

Un día, para una tarea doméstica, me acompañó al sótano de una vieja edificación en la que nos obligara a vivir nuestra pobreza. El gato que me seguía por los agudos peldaños de la escalera casi me hizo caer de cabeza, ello me desesperó hasta la locura. Me hice con un hacha y sin recordar en mi furor el temor infantil que había detenido hasta entonces mi mano, lancé un golpe al animal, que hubiera sido mortal si le hubiera alcanzado como quería. Pero la mano de mi mujer detuvo el golpe. Esta intervención me provocó una rabia diabólica. Solté mi brazo del obstáculo que lo detenía y le hundí a ella el hacha en el cráneo. De inmediato, mi mujer cayó muerta, sin emitir ni un solo quejido.

Tras cometer el espeluznante asesinato, rápida y decididamente intenté ocultar el cuerpo. Me di cuenta de que no podía sacarlo de la casa, ni de día ni de noche, sin correr el peligro de que los vecinos se enteraran. Se me ocurrieron varias ideas. Pensé por un instante en descuartizar el cadáver y arrojar los trozos al fuego. Después decidí cavar una fosa en el piso del sótano. Más tarde pensé en lanzarlo al pozo del jardín. Cambié de idea y decidí empaquetarlo en un cajón, como si fuera una mercancía, en la forma acostumbrada, y encargar a un recadero que se lo llevase de casa. Pero, finalmente, me detuve ante un proyecto que consideré el mejor. Decidí emparedar el cuerpo en el sótano, como cuentan que hacían en la Edad Media los monjes con sus víctimas.

El sótano parecía estar construido para este propósito. Los muros no estaban levantados con el cuidado habitual y hacía poco había sido cubierto en toda su extensión por una capa de yeso que la humedad no había dejado endurecer. Por otro lado, había un saliente en uno de los muros, provocado por una chimenea artificial o especie de hogar que luego quedó cubierto y colocado de la misma forma que el resto del sótano. No vacilé que me sería fácil sacer los ladrillos de aquel lugar, colocar el cadáver y emparedarlo de igual modo, de manera que ninguna mirada pudiese notar nada extraño.

Mis cálculos no estaban errados. Con ayuda de una palanca, separé fácilmente los ladrillos, y, habiendo después aplicado con cuidado el cuerpo contra la pared interior, lo mantuve en esta posición hasta poder establecer sin gran esfuerzo todos los ladrillos a su estado original. Con enormes precauciones, me procuré una mezcla de cal y arena, preparé una capa que no podía distinguirse de la anterior, y cubrí cuidadosamente con ella el nuevo tabique. Cuando acabé, comprobé que el resultado había sido perfecto. La pared no presentaba la más leve señal de arreglo. Con mucho cuidado barrí el suelo y recogí los escombros, miré satisfecho a mi alrededor y me dije: "Por lo menos, aquí, mi trabajo no ha sido en vano".

Lo primero que pensé, entonces, fue en buscar al animal culpable de tan espantosa desgracia, porque, al fin, había decidido acabar con su vida. Si lo hubiese encontrado en aquel instante, nada hubiese evitado su destino. Pero parecía que el astuto animal, ante la violencia de mi cólera, se había alarmado y evitaba el aparecer ante mí, desafiando mi mal humor. Resulta imposible describir o imaginar la intensa, la apacible sensación de alivio que trajo a mi corazón la ausencia de la odiosa criatura. No apreció en toda la noche, y ésta fue la primera que disfruté desde su entrada en la casa, durmiendo de manera apacible y profunda. Sí; *dormí* incluso con el peso de aquel asesinato sobre mi alma.

Pasaron el segundo y el tercer día, sin embargo mi verdugo no apareció. Como un hombre libre, respiré de nuevo. En su terror, el monstruo se había marchado para siempre de aquellos lugares. Ya no volvería a verlo jamás: Mi alegría era infinita. Me preocupaba muy poco la culpa de mi tenebrosa acción. Se abrió una especie de sumario que terminó con pocas averiguaciones. También se ordenó un reconocimiento, pero, naturalmente, no se descubrió nada. Yo consideraba asegurada mi felicidad futura.

Al cuarto día después de haberse cometido el asesinato, se presentó inesperadamente en mi casa un grupo de agentes de policía y se procedió de nuevo a una rigurosa inspección del local. Sin embargo, confiado en lo impenetrable del escondite, no experimenté ninguna inquietud. Los agentes quisieron que les acompañase en su registro. Fue explorado hasta el último rincón. Por tercera o cuarta vez bajaron al sótano. No me alteré lo más mínimo. Como el de un hombre que descansa en la inocencia, mi corazón latía tranquilamente. Recorrí el sótano de un extremo a otro, crucé los brazos sobre mi pecho y me paseé impasible de un lado a otro. Los policías, totalmente satisfechos, se disponían a abandonar la casa. Era demasiado fuerte el júbilo de mi corazón para que pudiera reprimirlo.

Sentía la ardiente necesidad de decir una palabra, sólo una palabra a modo de triunfo, y hacer doblemente evidente su convicción en cuanto a mi inocencia.

—Señores —dije, por último, cuando los agentes subían la escalera—, es para mí una enorme satisfacción haber disipado sus sospechas. Deseo a todos ustedes una buena salud y un poco más de cortesía. Dicho sea de paso, señores, tienen ustedes aquí una casa muy bien construida —apenas sabía lo que hablaba, en mi furioso deseo de decir algo con aire deliberado—. Puedo asegurar que ésta es una casa *excelentemente* construida. Estos muros... ¿Se marchan ustedes, señores? Estos muros están construidos con una gran solidez.

Entonces, por una apasionada fanfarronada, golpeé con fuerza, con un bastón que tenía en la mano en ese momento, precisamente sobre la pared del tabique tras el cual yacía mi esposa del alma.

¡Que por lo menos Dios me proteja y me libre de las garras del archidemonio! Apenas se hubo hundido en el silencio el eco de mis golpes, me respondió una voz desde el fondo de la tumba. Primero era una queja, ahogada y entrecortada como el sollozo de un niño. Después, en seguida, creció en un prolongado, sonoro y continuo, completamente anormal e inhumano. Un alarido, un aullido, mitad horror, mitad triunfo, como solamente puede brotar del infierno, horrible armonía que surgiera al unísono de las gargantas de los condenados en sus agonías y de los demonios que gozaban en la condenación.

Sería de locos expresar lo que sentí en aquellos momentos. Noté que perdía el sentido y, tambaleándome, caí contra la pared opuesta. Por unos momentos los agentes se detuvieron en los escalones. El pánico los había dejado estupefactos. Un momento después, doce brazos robustos atacaron la pared, que cayó a tierra de un golpe. El cadáver, muy desfigurado ya y cubierto de sangre coagulada, apareció, rígido, a los ojos de los allí presentes. Sobre su cabeza, con las rojas fauces dilatadas y llameando el único ojo, se posaba el horrible animal cuya astucia me llevó al asesinato y cuya delatora voz me entregaba al verdugo. ¡Yo había emparedado al monstruo en la tumba!

El Diablo en el Campanario

¿Qué hora es?
(Antigua expresión)

Todos saben de una forma general que el lugar más hermoso del mundo es —o era, lamentablemente— el pueblo holandés de Vondervotteimittiss. Sin embargo, como se encuentra a cierta distancia de todos los grandes caminos, en una situación en cierto modo extraordinaria, quizá lo haya visitado un reducido número de mis lectores. Por este motivo conviene, para entretenimiento de aquellos que no hayan podido hacerlo, entrar en algunos detalles al respecto. Y esto es en verdad tanto más necesario cuanto que si me propongo explicar los calamitosos sucesos ocurridos recientemente dentro de sus límites, es únicamente con el deseo de conquistar para sus habitantes la simpatía pública. Nadie de aquellos que me conocen puede dudar que el deber que me impongo no sea llevado a cabo con toda la precisión de que soy capaz, con esa rígida imparcialidad, escrupulosa comprobación de los acontecimientos y a ardua confrontación de autoridades, que deben distinguir siempre a quien aspira al título de historiador.

Gracias a la ayuda conjunta de monedas, manuscritos e inscripciones, puedo afirmar positivamente que el pueblo de Vondervotteimittiss ha existido, desde su fundación, exactamente en las mismas condiciones en que hoy se encuentra. En lo que se refiere a la fecha de su origen, me es especialmente penoso no poder hablar sino con esa precisión indefinida con que los matemáticos se ven en ocasiones obligados a conformarse con ciertas fórmulas algebraicas. La fecha, estoy autorizado para hablar así, teniendo en cuenta su prodigiosa antigüedad, no puede ser menor que una cantidad determinable cualquiera.

En cuanto a la etimología del nombre Vondervotteimittiss; confieso, con pena, estar en duda. Entre las numerosas opiniones sobre este delicado punto, muy ingeniosas algunas de ellas, otras muy cultas y otras lo suficientemente en oposición, no encuentro ninguna que pueda considerarse satisfactoria. Quizá la idea de Grogswigg, que coincide casi con la de Kroutaplenttey deba aceptarse con prudencia. Está concebida en los siguientes términos: Vondervorreimittiss: Vonderlege Donder; Votteimittis, quasi und Bleitziz; Bleitziz obsol, pro Blit zen. A decir verdad, esta etimología encuentra, de hecho, bastante confirmación de algunas huellas de fluido eléctrico que pueden verse aún en la parte superior del campanario del Ayuntamiento. Sin embargo, no es mi voluntad pronunciarme en una cuestión de importancia tan relevante, y le solicito al lector deseoso de informaciones que consulte los Oratiunculae de Rebus Praeter-Veteris, de Dundergutz; que vea, también, Blunderbuzzard, De Derivationibus, desde la página 27 a la 5.010; in folio, edición gótica, caracteres rojos y negros, con llamadas y sin numeración, y que consulte también las notas marginales del autógrafo de Stuffundpuff, con los subcomentarios de Gruntundguzzell.

A pesar de las tinieblas que rodean de esta forma la fecha de la fundación de Vondervotteimittiss y de la etimología de su nombre, no hay duda, como ya he dicho, de que siempre ha existido tal como lo vemos actualmente. El hombre más anciano del lugar no recuerda ni la menor diferencia en el aspecto de una parte cualquiera de él, y, en verdad, la simple insinuación de tal posibilidad sería considerada como un insulto. El pueblo está ubicado en un valle perfectamente circular, cuya circunferencia mide, poco más o menos, un cuarto de milla, y está por completo rodeado de hermosas colinas, cuyas cimas sus habitantes nunca osaron pasar. Pero, éstos dan una excelente razón de su proceder, por cuanto creen que no hay absolutamente nada al otro lado.

En torno al lindero del valle —que es totalmente uniforme y pavimentado en toda su extensión con ladrillos planos— hay una continua fila de sesenta casas de pequeño tamaño. Se apoyan por detrás sobre las colinas, y, por tanto, todas miran al centro de la llanura, que está precisamente a sesenta yardas de la puerta delantera de cada casa. Cada una de éstas tiene a la entrada un jardincillo, con una avenida circular, un reloj de sol y veinticuatro coles. Las mismas construcciones son tan idénticas que resulta imposible

distinguir una de otra. Con motivo de su gran antigüedad, el estilo arquitectónico es algo extraño, pero,
por este motivo, es aún considerablemente pintoresco.
Estas casas están construidas con pequeños ladrillos,
bien endurecidos al fuego, rojos, con cantos oscu-
ros, de tal forma, que las paredes parecen un enorme
tablero de ajedrez. Los remates están vueltos del lado
de la fachada y tienen cornisas tan grandes como el
resto de la casa en los bordes de los tejados y en las
puertas principales. Las ventanas son estrechas y pro-
fundas, con vidrieras formadas por cristales diminutos
y grandes marcos. Los tejados están recubiertos por
una gran cantidad de tejas de puntas arrolladas. La
madera es toda de un color oscuro, completamente
tallada, pero de dibujos poco variados, puesto que,
desde tiempos inmemoriales, los tallistas de Vonder-
votteimittis no han sabido esculpir más que dos obje-
tos: un reloj y una col. Ahora bien hay que reconocer
que esto lo hacen admirablemente bien, y lo prodi-
gan con extraordinaria ingeniosidad en cualquier sitio
que pueda encontrar el cincel. Las casas son parecidas
tanto por su parte interior como por la exterior, y los
muebles son todos de un único modelo. El piso está
pavimentado con baldosas cuadradas. Las sillas y mesas son de madera negra, con patas torneadas, delga-
das y finas. Las chimeneas son largas y altas; y no sólo
tienen relojes y coles esculpidos en la superficie de su
parte frontal, sino que, además, sostienen en medio de
la repisa un auténtico reloj que hace un prodigioso tic-

tac, con dos floreros, cada uno de los cuales contiene una col; situados en los extremos a modo de batidor. Entre cada col y el reloj se encuentra, además, un muñeco chino, barrigudo, con un enorme agujero en el centro de su barriga, a través del cual puede verse la esfera de un reloj.

Los hogares son amplios y profundos, con morillos retorcidos. Constantemente arde un enorme fuego; sobre el que se halla una gran olla llena de col agria y carne de cerdo, que la dueña de la casa vigilada constantemente. Esta es una gruesa y anciana señora, de ojos azules y rostro colorado, que lleva puesto un inmenso gorro parecido a un terrón de azúcar, adornado con cintas purpúreas y amarillas. Su vestido es una de mezcla de lana y algodón, de color naranja, muy largo por detrás y de cintura estrecha, por otros conceptos demasiado corto, porque deja al descubierto la mitad de la pierna. Las piernas son un poco gruesas, lo mismo que los tobillos pero están recubiertas por unas hermosas medias verdes. Sus zapatos, de cuero rosado, están atados con un lazo de cintas amarillas colocado en forma de col. En su mano izquierda lleva un pequeño reloj holandés, y con la derecha sujeta un cucharón para la col agria y la carne de cerdo. A su lado hay un gato gordo y manchado, que tiene en la cola un pequeño reloj de cobre dorado de repetición, que «los chicos» le han atado allí para divertirse.

Respecto a estos muchachos, los tres se encuentran en el jardín, cuidando del cerdo. Todos tienen una altura de dos pies, usan sombreros de tres puntas y visten chalecos de color púrpura que les llegan casi a los muslos, calzones de piel de gamo, medias roja de lana, pesados zapatos con hebillas de plata y largas blusas con grandes botones de nácar. Cada uno tiene una pipa en la boca y un abultado reloj en la mano derecha. Una bocanada de humo, un vistazo al reloj; un vistazo al reloj, una bocanada de humo. El cerdo, que es corpulento y perezoso, se entretiene a veces en mordisquear las hojas que han caído de las coles y otras en querer morderse el relojito dorado que aquellos pícaros le han atado también al rabo, con el fin de ponerlo tan elegante como el gato.

Justamente frente a la puerta de entrada, en un sillón de amplio respaldo forrado de cuero, con patas torneadas y finas, como las de las mesas, está sentado el viejo dueño de la casa. Es un anciano pequeño y muy hinchado, con ojos grandes y redondos, y una papada doble y enorme. Su traje se parece al de los chicos, y no tengo nada más que decir al respecto. La única diferencia consiste en que su pipa es un poco más grande que la de aquéllos, y por tanto, puede lanzar mayor cantidad humo. Igual que ellos, tiene un reloj, pero lo guarda en el bolsillo. A decir verdad, tiene algo que hacer más importante que vigilar un reloj, y voy a explicar de qué se trata. Está sentado, con la pierna derecha sobre la rodilla izquierda. Tiene un aspecto grave y conserva siempre uno por lo menos de sus ojos decididamente clavado en cierto objeto muy interesante que se encuentra en el centro de la llanura.

Este objeto está situado en el campanario del Ayuntamiento. Los miembros del Consejo Municipal son todos unos pequeños hombres achaparrados, adiposos e inteligentes, con ojos enormes como platos y grandes papadas. Van vestidos con trajes mucho más largos, y las hebillas de sus zapatos son mucho mayores que las del resto de los habitantes de Vondervotteimittiss. Desde que vivo en el pueblo han celebrado varias sesiones extraordinarias, y han adoptado estas tres importantes resoluciones:

«Es un crimen alterar la buena marcha de las cosas.»

«No existe nada tolerable fuera de Vondervotteimittiss.»

«Seremos fieles a nuestros relojes y a nuestras coles.»

Sobre la sala de sesiones está el campanario, y en el campanario o torre está, y siempre ha estado, desde tiempo inmemorial, el orgullo y maravilla del pueblo: el gran reloj de la villa de Vondervotteimittiss. Y hacia este objeto se dirigen las miradas de los viejos caballeros que se están sentados en los sillones forrados de cuero.

El gran reloj tiene siete esferas, una sobre cada una de las siete caras de la torre, de forma que puede ser observado con facilidad desde todos los barrios. Estas esferas son grandes y blancas, y las agujas, pesadas y negras. En la torre trabaja un hombre cuya única misión es cuidar del mismo, pero esta función es la más perfecta de las sinecuras, porque desde tiempos remotos el reloj de Vondervotteimittiss nunca ha precisado de sus servicios. Hasta esos últimos días, la simple suposición de tal cosa era tenida como una herejía. Desde tiempos inmemoriales en los archivos se registran que las horas habían sonado con regularidad en la gran campana, y, en verdad, lo mismo sucedía con el resto de relojes, grandes y pequeños, de la villa. Jamás existió un lugar que se pudiese comparar a éste en cuanto a señalar con tanta precisión las horas. Cuando el voluminoso mazo consideraba oportuno el momento de decir: «¡Las doce!» todos sus obedientes servidores abrían simultáneamente sus bocas y respondían como un solo eco. Resumiendo, los buenos burgueses estaban encantados con su col agria, pero orgullosos de sus relojes.

Todas las personas que poseen sinecuras son más o menos veneradas, y como el campanero de Vondervotteimittiss poseía la más perfecta de ellas, es el más perfectamente respetado de todos los mortales. Es el principal dignatario de la villa, incluso los mismos cerdos le contemplan de forma reverente. La cola de su casaca es mucho más larga. Su pipa, las hebillas de sus zapatos, sus ojos y su estómago son mucho grandes que los de ningún otro viejo caballero de la villa, y respecto a su papada, no solamente es doble, sino triple.

Acabo de describir el feliz estado de Vondervotteimittiss. ¡Lástima que tan bello cuadro estuviese condenado a sufrir un día un cruel cambio!

Hace muchos años que ha sido aceptado y comprobado por los habitantes más sabios de la aldea un proverbio según el cual «nada bueno puede venir del otro lado de las colinas». Y, ciertamente, hay que creer que estas palabras tuvieron algo de proféticas. A falta de cinco minutos para el mediodía de anteayer cuando, en lo alto de la cresta de las colinas del lado Este, hizo aparición un extraño objeto. Semejante suceso provocó la atención universal, y cada uno de los ancianos hombrecillos, acomodados en sus sillones tapizados de cuero, dirigieron uno de sus ojos, consternado por el temor, hacia el fenómeno, mientras con el otro miraban fijamente hacia el reloj del campanario.

A falta de tres minutos para el mediodía se comprobó que el extraño objeto en cuestión era un pequeño joven con aspecto de extranjero. Bajaba por la colina con paso acelerado, de forma que todos pudieron verle muy pronto fácilmente. Ciertamente era el más precioso personajillo que nunca se había visto en Vondervotteimittiss. Tenía su rostro un tono oscuro como el tabaco, de nariz larga y ganchuda, con ojos que parecían lentejas, de boca grande y extraordinaria hilera de dientes, que parecía muy interesado en exhibir riéndose de oreja a oreja. A esto hay que añadir patillas y bigotes, y creo que no quedaba nada más por ver en su rostro. Llevaba la cabeza descubierta, y el pelo cuidadosamente arreglado con papillotes para rizarlo. Su indumentaria estaba compuesta por una casaca ajustada y colgante, que finalizaba en una especie de cola de golondrina, por uno de cuyos bolsillos dejaba colgar una larga punta de pañuelo blanco, de unos calzones de casimir negros, medias negras y unos gruesos escarpines cuyos cordones eran unos enormes lazos de raso negro. Bajo uno de sus brazos llevaba un chapeau-de-bras, y bajo el otro, un violín casi cinco veces más grande que él. En su mano izquierda llevaba una tabaquera de oro, de donde continuamente cogía pulgaradas de rapé con la actitud más arrogante del mundo, mientras brincaba bajando la colina y haciendo toda clase de piruetas fantásticas.

¡Dios Santo! Era un espectáculo extraordinario para los honestos burgueses de Vondervotteimittiss.

Hablando con claridad, el pícaro reflejaba en su rostro, además de su sonrisa, un osado y perverso carácter. Mientras se dirigía rápidamente hacia el pueblo, el aspecto particularmente extraño de sus escarpines fue suficiente para despertar muchas sospechas, y más de un burgués que lo observaba aquel día hubiese dado algo por echar una ojeada bajo el pañuelo de blanca batista que llevaba colgado de forma tan irritante del bolsillo de su casaca con cola de golondrina. Pero en principio lo que despertó uno justo enfado fue el hecho de que aquel desgraciado insensato, mientras ejecutaba tan pronto un fandango como una cabriola, no guardase una regla en su danza y no poseyera ni la menor noción de lo que significa llevar el compás.

Mientras tanto, las buenas gentes del pueblo no habían tenido tiempo suficiente para abrir del todo sus ojos cuando, justamente medio minuto antes del mediodía, se precipitó el granuja, como os digo, entre ellos, hizo aquí un *chassezé*, allí un *balancez* y después de una *pirouette* y un *pas-de-zephyr*, subió como un rayo hasta la torre del Ayuntamiento, donde el campanero fumaba desconcertado con una actitud de dignidad y temor. Pero el pillo le cogió primero de la nariz, se la sacudió y tiró de ella, le colocó sobre la cabeza su gran *chapeau-de-bras*, hundiéndoselo hasta la boca, y después, levantando su enorme violín, le golpeó con él durante tanto rato y tan violentamente, que, dado que el vigilante estaba muy gordo y el violín era amplio y hueco, se hubiese jurado que todo un regimiento con enormes tambores redoblaba siniestramente en la torre del campanario de Vondervotteimittiss.

Se desconoce qué acto de venganza hubiese provocado aquel indignante ataque a los aldeanos de no haber sido por el trascendental hecho de faltar medio segundo para el mediodía. Iba a sonar la campana, y era de total y suprema necesidad que todos miraran sus relojes. Era evidente, sin embargo, que, exactamente en ese preciso momento, el granuja que se había introducido en la torre quería algo que se relacionaba con la campana, y se metía allí donde nadie le llamaba. Pero como empezaba a tocar, nadie tenía tiempo de vigilar sus maniobras, porque cada uno de los hombres del pueblo era todo oído contando las campanadas.

—¡Una! —dijo el reloj.

—¡Una! —repitió cada uno de los viejos hombrecillos de Vondervotteimittiss, en cada sillón tapizado de cuero.

—¡Una! —dijo el reloj de su mujer.

—¡Una! —dijeron los relojes de los niños y los relojillos dorados colgados de las colas del gato y del cerdo.

—Dos... —continuó la pesada campana.

Y:

—¡Dos! —repitieron todos.

—¡Tres! ¡Cuatro! ¡Cinco! ¡Seis! ¡Siete! ¡Ocho! ¡Nueve! ¡Diez! —dijo la campana.

—¡Tres! ¡Cuatro! ¡Cinco! ¡Seis! ¡Siete! ¡Ocho! ¡Nueve! ¡Diez! —respondieron los otros.

—¡Once! —dijo la grande.

—¡Once! —aprobó toda la pequeña gente.

—¡Doce! —dijo la campana.

—¡Doce! —contestaron ellos completamente satisfechos y dejando caer sus voces a compás.

—¡Son las doce! —dijeron todos los viejecillos, guardando de nuevo sus relojes. Sin embargo, la gran campana no había terminado aún.

—¡Trece! —dijo.

—¡Trece! —exclamaron todos los viejecillos, palideciendo y dejando caer las pipas de sus bocas, mientras descabalgaban sus piernas derechas de sus rodillas izquierdas— ¡Trece!

—¡Trece! ¡Trece! ¡Dios santo, son las trece! —se lamentaron.

¿Para qué describir la espantosa escena que se originó? Todo Vondervotteimittiss estalló de repente en un lamentable alboroto.

—¿Qué le sucede a mi barriga? —gritaron todos los niños—. ¡Tengo hambre desde hace una hora!

—¿Qué les sucede a mis coles? —clamaron todas las mujeres—. ¡Deben de estar cocidas desde hace una hora!

—¿Qué le sucede a mi pipa? —juraron todos los viejecillos— ¡Rayos y truenos! Debe de estar apagada desde hace una hora.

Y de nuevo cargaron sus pipas con gran furia. Se acomodaron en sus sillones y aspiraron el humo con tal rapidez y ferocidad, que, de inmediato quedó el valle lleno de una nube de humo impenetrable.

Mientras tanto, las coles iban adquiriendo un tono rojizo, y parecía que personalmente el mismo viejo diablo se apoderase de todo lo que tenía forma de reloj. Los relojes tallados sobre los muebles se ponían a bailar como si estuvieran embrujados, mientras que los que se encontraban sobre las chimeneas apenas si podían contener su rabia y se obcecaban en un toque incesante: «¡Trece! ¡Trece! ¡Trece!» Y el balanceo y movimiento de sus péndulos era tal, que era francamente espantoso de ver. Lo peor era que ni gatos ni cerdos podían aguantar más la anomalía de los relojillos de repetición atados a sus colas, y lo demostraban de manera patente huyendo hacia la plaza, arañándolo y revolviéndolo todo, maullando y gruñendo, produciendo un espantoso escándalo de maullidos y gemidos, lanzándose a la cara de las personas, metiéndose bajo sus faldas, produciendo el más terrible alboroto y el más tremendo caos que persona prudente pudiera imaginar. En cuanto al desgraciado bribón instalado en la torre, hacía evidentemente todo lo posible por conseguir que la situación fuera más desesperante. De vez en cuando podía atisbarse en medio del humo. Permanecía siempre allí, en la torre, sentado sobre el cuerpo del campanero, que yacía de espaldas. El miserable mantenía entre sus dientes la cuerda de la campana, sacudiéndola sin parar con la cabeza, de izquierda a derecha, produciendo tal alboroto, que mis oídos se agitan todavía ahora al recordarlo. Sobre sus rodillas descansaba el enorme violín, que rascaba sin ritmo ni compás con sus dos manos, procurando fingir horrorosamente, ¡oh, perverso payaso!, que estaba tocando la canción de «Judy O'Flannagan and Paddy O'Rafferty».

Como las cosas habían llegado a tan penoso estado, abandoné el lugar con repulsión, y ahora me dirijo a todos los amantes de la hora exacta y de la buena col agria. Marchemos juntos hacia el pueblo y restauremos el antiguo orden de cosas en Vondervotteimittiss, echando de la torre a aquel canalla.

LA MÁSCARA DE LA MUERTE ROJA

Hacía bastante tiempo que la *Muerte Roja* asolaba el país. Ninguna peste había sido hasta el momento tan horrible y espantosa. La sangre era su insignia, y su sello la rojez y el horror de la sangre. Se sentían agudos dolores, repentinos vértigos, y después los poros sangraban de manera abundante hasta provocar la muerte. Las manchas de color escarlata que aparecían sobre el cuerpo, y en particular en el rostro de la víctima, eran como el anuncio y el entredicho de aquella peste que lanzaba al atacado lejos de toda ayuda humana y de toda atención por parte de sus vecinos. El proceso completo no duraba más de media hora: síntomas, progreso y final de esta espantosa enfermedad. Pero el príncipe Próspero era un hombre afortunado, intrépido y astuto. Cuando sus dominios se vieron medio despoblados, él llamó a su presencia a un millar de amigos sanos, fuertes y despreocupados, escogiéndolos entre los caballeros y damas de su corte y recluyéndose con ellos al refugio, herméticamente cerrado, de una de sus abadías amuralladas. Esta era una construcción de vasta y extraordinaria estructura que había sido una creación de gusto algo excéntrico, pero majestuoso, del soberano. Estaba rodeada por unas altas y sólidas murallas con cien puertas de hierro. En cuanto los cortesanos entraron, se soldaron los cerrojos por medio del fuego y el martillo. De esta forma no habría modo alguno de entrar ni tampoco de salir si algún repentino ataque de exasperación o delirio impulsaba a alguien a intentar esto último desde el interior. La abadía contaba con abundantes provisiones. Con tantas precauciones, los cortesanos podían desafiar al contagio... ¡Que el mundo de fuera se las arreglase como pudiera!... Mientras tanto era una estupidez el preocuparse o el pensar en aquella catástrofe. El príncipe se había ocupado de reunir en su interior todos los medios y artificios de diversiones y placeres. Había bufones, trovadores, bailarines, músicos... Se daban cita, dentro de aquellos muros, la belleza y el vino. En el interior reinaba la seguridad. Fuera, gobernaba la *Muerte Roja*.

Habían pasado ya cinco o seis meses en esta situación, cuando el príncipe Próspero, mientras la peste rugía con más furia en el exterior, invitó a sus mil amigos a un baile de máscaras de una ostentación impresionante.

Aquel baile fue un espectáculo de la más refinada sensualidad. Pero se me debe permitir en primer lugar hablar de los salones en que se celebró. Estos eran un total de siete, lo que formaba una serie realmente imperial. En otros palacios, sin embargo, la serie de salones de fiestas forma una perspectiva larga y lineal al abrirse de par en par las puertas de comunicación, permitiendo que la mirada pueda extenderse sin dificultad por todo el conjunto. En la abadía del príncipe Próspero el caso era muy diferente, como ya podía imaginarse dada la inclinación que el monarca sentía por las cosas fuera de lo habitual. Los salones se encontraban distribuidos de forma tan irregular que la visión únicamente abarcaba uno solo de ellos. Cada veinte o treinta metros se producía un giro o desviación en las estancias, y todos estos ángulos producían un efecto nuevo. En el centro de cada pared y tanto a la derecha como a la izquierda se abría una alta y estrecha ventana gótica recayente sobre sendos corredores cerrados, que iban siguiendo las revueltas de la disposición de los salones. Estas ventanas eran de vidrios de color, variando éste en función del tono predominante del decorado de la estancia correspondiente. La que se encontraba ubicada en el extremo oriental estaba decorada, por ejemplo, de azul, y del mismo color y de tono muy vivo eran los cristales de sus ventanas. El segundo salón era de color púrpura en sus adornos y tapices, y también purpúreas eran las ventanas. El tercero era de tono verde igual que verdes eran sus ventanales. Al cuarto, quinto y sexto correspondían respectivamente tonalidades anaranjadas, blancas y violetas, tanto en la decoración como en las ventanas. El séptimo de los salones se encontraba completamente rodeado de tapices de terciopelo negro que colgaban en toda su extensión desde el mismo techo, cubriendo todas las paredes y cayendo en pesados pliegues sobre una alfombra del mismo material y color; pero sólo allí el color de las ventanas difería del resto, siendo los cristales de una tonalidad escarlata de reflejo intensamente sangriento. En ninguno de los salones había lámpara alguna ni candelabros entre el exceso de ornamentos dorados que se derrochaban aquí y allá o que colgaban del techo. No existía, pues, luz alguna que surgiera de lámparas o bujías en toda el conjunto de salones. Pero en los pasillos que había a ambos lados y frente a cada ventana, se levantaban otros tantos robustos trípodes que sostenían grandes braseros de cobre donde ardían llamas que proyectaban su luz a través de los cristales de color, iluminando así brillantemente las estancias y produciendo una multitud de llamativas, fantásticas y cambiantes formas. Pero en el salón negro del oeste, el efecto de las llamaradas que se proyectaban en los sombríos tapices a través de los ensangrentados vidrios resultaba extrañamente siniestro y daba un aspecto tan raro a las caras de los que allí entraban, que eran muy pocos los que se atrevían a pisar aquel espeluznante recinto.

Allí también se encontraba, junto a la pared de la parte oeste, un enorme reloj de ébano. El péndulo oscilaba de un lado a otro con un sonido apagado, denso y monótono, y cuando el minutero había recorrido todo su circuito e iba a dar la hora, salía de los pulmones metálicos de la máquina un sonido que era claro, potente, profundo y claramente musical, pero dotado de un tono y de una sonoridad tal que cada hora los músicos de la orquesta se veían obligados a suspender por un momento sus ejecuciones para prestar atención a las campanadas. Como consecuencia de ello, los valses detenían también sus evoluciones y se producía una leve confusión en la alegre reunión, durante el cual, y mientras persistía el sonido de tales campanadas, hasta los más despistados palidecían y los más viejos y tranquilos se pasaban la mano por la frente en un gesto de confusa fantasía o de meditación. Pero cuando el último eco de la campana se diluía, se alzaba por todos sitios una ligera risa, y los músicos se miraban unos a otros sonriéndose y murmurando entre sí solemnes votos para que las siguientes campanadas del reloj no provocaran en ellos emociones como aquellas, pero luego, al cabo de sesenta minutos (que son tres mil seiscientos segundos de Tiempo que vuela), de nuevo sonaba el carillón, y nuevamente se repetía la misma meditación, y el mismo desconcierto y nerviosismo de antes.

A pesar de este detalle, las fiestas, por no llamarles bacanales, que eran allí el pan nuestro de cada día, eran alegres y llenas de esplendor. Los gustos del príncipe eran muy peculiares. Tenía un ojo magnífico para los colores y los efectos. Le desagradaban los decorados a la moda, sin más aliciente que éste. Sus planes eran atrevidos y ardientes, brillando con un resplandor que tenía algo de salvaje. Algunos le habrían tomado por un demente; pero sus cortesanos sabían que no lo era, aunque era necesario oírle, verle y tocarle para sentir una sensación favorable sobre su estado mental.

Con motivo del gran baile de máscaras al que hemos aludido, fue el mismo príncipe quien dirigió en gran parte la decoración circunstancial de los siete salones, y su gusto personal fue el que inspiró las características de los disfraces. No cabe ninguna duda que predominaba la nota de lo grotesco. Abundaba la ostentación y el brillo, y se recorría toda la variedad de lo sorprendente y de lo fantástico: algo así, a lo que después pudo verse en *Hernani*. Se veían allí figuras arabescas con atuendos bastante inadecuados, y fantasmagorías delirantes propias de mentes trastornadas. Había mucho de hermoso y mucho de excéntrico; mucho también de llamativo, algo de terrible y no poco de lo que más bien podría inspirar antipatía. Por un lado, a lo largo de los siete salones, abundaban en realidad, gran cantidad de sueños que iban de un lado a otro, tiñéndose del colorido de cada salón y haciendo que la desenfrenada música de la orquesta pareciera una especie de eco de sus pasos. Pero entonces resonó el reloj de ébano que se encontraba en el salón de terciopelo. Durante unos instantes, todo se paralizó y enmudeció, excepto la voz del propio reloj. Los sueños parecieron haberse congelado donde estaban. Pero en cuanto se desvaneció el eco de las campanadas, y tras aquel momento, una risa, leve aún y mal reprimida, acompañó su extinción. La música aumentó, renacieron los sueños y caminaron de un lado para otro más alegres aún que antes, cubriéndose siempre de los diversos coloridos de los ventanales que filtraban los rayos de los trípodes. Pero no hubo ninguna de las máscaras que se atreviese a llegar hasta el salón que se abría más al oeste, pues la luz que atravesaba los ensangrentados cristales resultaba espantosa y aterraba la negrura de los fúnebres tapices. Si alguna persona llegara a poner el pie sobre la negra alfombra, escucharía al sonar la campana del cercano reloj de ébano, un escándalo más ensordecedor que el que podría llegar a los oídos de aquellos que disfrutaban de la alegría del momento en otras salas más alejadas.

El resto de salones estaban atestados y en ellos latía febrilmente el anhelo de la vida. La orgía continuó girando en loco torbellino hasta que, al fin, el reloj dio las doce de la noche. En aquel momento la orquesta cesó, pararon los giros de los bailadores y se produjo la habitual quietud. Pero entonces eran doce las campanadas y eso propició que los pensamientos tuvieran más tiempo para adueñarse de las mentes y que persistieran durante más tiempo en los espíritus reflexivos que pudiera haber entre los que apasionadamente se divertían. Y quizás esto provocó que antes que resonara la última campanada, fueran muchas las personas que reparasen en la presencia de una figura enmascarada, que antes no había llamado la atención de nadie. El rumor de aquella nueva presencia corrió, entre murmullos, como un reguero de pólvora y pronto se alzó entre toda la concurrencia un susurro, primero, expresivo de desaprobación y sorpresa, y más tarde de pánico, de horror y de rechazo. En medio de una reunión de fantasmas como la que he relatado, resulta fácil imaginarse que ninguna aparición corriente podía provocar una sensación parecida. Ciertamente la licencia carnavalesca de aquella noche era ilimitada; pero la máscara en cuestión sobrepasaba en todo lo imaginable y superaba las fronteras incluso del más elemental decoro. Hay fibras en el corazón de los más osados que no pueden tocarse sin provocar una emoción irreprimible. Hasta para los más degenerados, para quienes la muerte y la vida son pura broma, hay cosas de las que no se pueden burlar. Todos los asistentes consideraron, en lo más profundo, que las ropas y la presentación de aquel individuo carecían de ingenio ni moralidad.

La abominable figura era alta y delgada e iba cubierta de pies a cabeza con el espeluznante vestuario propio de la tumba. La máscara que ocultaba su cara se parecía con tal propiedad a la faz de un cadáver inmóvil, que una observación más minuciosa no hubiera conseguido hallar ni el más ligero detalle desacorde con tan funeraria apariencia... Pero todo aquello podría haber sido sufrido, si es que no aprobado, por los enloquecidos invitados. Pero aquella máscara había llegado al extremo de asumir el aspecto de la *Muerte Roja*. Su vestimenta estaba salpicada de sangre, y su ancha frente, como todas las facciones de la cara, moteada por el horror escarlata.

Cuando la mirada del príncipe Próspero se detuvo sobre aquel espectral fantasma que, con lentos y solemnes movimientos apropiados para representar mejor su papel, se deslizaba entre las parejas de los bailadores, se vio al soberano convulsionarse en el primer momento con un fuerte estremecimiento, fuese de consternación o de furia. Pero enseguida el rostro se le congestionó de ira.

—¿Quién se atreve —preguntó violentamente a los cortesanos que se encontraban a su lado— a ofendernos de esta forma con esta burla blasfema? ¡Cogedle y quitadle la máscara así conoceremos quién va a ser ahorcado, al amanecer, en una almena!

Cuando pronunció estas palabras, el príncipe Próspero se hallaba en el salón azul, situado al extremo oriental. Y su eco vibró, claro y de forma penetrante, a través de las siete estancias, pues el príncipe era un hombre osado y robusto y la música se había callado ante una señal de su mano.

Al principio al escucharlas, entre el grupo de empalidecidos cortesanos que le rodeaban, se produjo un movimiento efusivo en dirección al extraño, que en aquel momento se encontraba también próximo y que a continuación se acercó todavía más al monarca con paso lento y arrogante. Pero bajo la influencia de un terror indecible que la arrogancia de la máscara había inspirado a todos los presentes, es cierto que no se halló a nadie que estirase la mano con el fin de detenerle, y, por tanto, pudo llegar, sin problemas, hasta un metro de distancia de príncipe. El espectro pasó junto a éste, mientras la multitud se agolpaba desde el centro de los salones hacia las paredes, y con aquel mismo paso mesurado que le había distinguido desde los primeros instantes pasó de la estancia azul a la púrpura, atravesó ésta, llegó y atravesó la verde, de ésta se dirigió a la naranja y después pasó por la blanca y la violeta sucesivamente antes que se llegara a realizar ni un solo movimiento para detenerle. El príncipe, entonces, fuera de sí por la rabia, a la par que avergonzado de su propia cobardía circunstancial, se lanzó apresuradamente a través de los siete salones sin que nadie fuera tras él con motivo del insuperable terror que se había adueñado de todos. Desenvainó su daga, la alzó en alto, y se había acercado ya, en su rápido ímpetu, hasta una distancia menor a un metro de la figura que seguía su camino, cuando ésta, que había llegado ya al extremo opuesto del salón de terciopelo negro, se giró repentinamente e hizo frente a su seguidor. Por todos lados se alzó un agudo grito y la daga cayó reluciendo en la alfombra negra, sobre la cual, de inmediato, se derrumbó también, sin vida, el príncipe Próspero. Entonces, dominados por el ciego valor de la desesperación, unos cuantos cortesanos se lanzaron en tropel hacia el salón negro y sujetaron a la máscara cuya elevada figura permanecía inmóvil junto al reloj de ébano. Pero los osados captores dieron un respingo lleno de inenarrable espanto cuando comprobaron que la sepulcral mortaja y la máscara cadavérica en que habían puesto las manos con ruda violencia carecían de todo tacto y cualquier forma tangible.

En ese momento reconocieron la presencia de la *Muerte Roja*. Había venido como un ladrón que se desliza en la noche. Y uno a uno, todos aquellos obstinados fueron cayendo al suelo en los salones testigos de sus bacanales, bañando las suntuosas alfombras con la sangre que brotaba de sus cuerpos y muriendo en la desesperada postura de su caída. La vida del reloj de ébano se extinguió también con la del último de los alegres libertinos. Las llamas de los trípodes se extinguieron. Y las tinieblas, la descomposición y la *Muerte Roja* se adueñaron salvajemente de todo.

EL ENTIERRO PREMATURO

Existen determinados temas con un interés cautivador, pero demasiado espantosos para ser objeto de una obra de simple fantasía. Los novelistas corrientes deben esquivarlos si no quieren ofender o molestar. Únicamente son tratados con propiedad cuando lo grave y sublime de la verdad los consagran y sostienen. Por ejemplo, temblamos con el más agudo "dolor agradable" ante las narraciones del paso del Beresina, del terremoto de Lisboa, de la peste londinense y de la matanza de San Bartolomé o de la muerte por ahogo de ciento veintitrés prisioneros en el Agujero Negro de Calcuta. Pero en estas narraciones lo apasionante es el hecho, la objetividad, la historia. Como fantasías, aparentan ser simplemente repulsivas. He señalado algunas de los más relevantes y majestuosos infortunios que registra la historia, pero en ellos el alcance, no menos que el carácter del infortunio, es lo que impresiona tan agudamente la imaginación. No es preciso recordar al lector que, del largo y espantoso listado de penurias humanas, podría haber seleccionado muchos ejemplos particulares más colmados de dolor esencial que cualquiera de esas inmensas desgracias generales. La verdadera tragedia, el sufrimiento último, es en verdad particular, no difuso. ¡Hemos de dar gracias a Dios misericordioso que los espantosos extremos de agonía los padezca el hombre de manera individualizada y jamás en conjunto!

Sin ninguna duda, ser enterrado con vida es el más espeluznante extremo que nunca haya caído en suerte a un simple mortal. Nadie con capacidad de juicio podrá negar que le haya caído en suerte a menudo, muy a menudo. La línea que separa la vida de la muerte es, en el mejor de los casos, turbias e indefinidas... ¿Qué persona podría establecer los límites de una y otra? Conocemos que hay enfermedades que provocan una paralización completa de las funciones aparentemente vitales, pero ese cese es sólo una suspensión, para llamarle por su nombre. Existen únicamente pausas temporales en el inexplicable mecanismo. Después de un tiempo, algún misterioso principio oculto activa de nuevo los mágicos piñones y las ruedas fantásticas. La cuerda de plata no quedó eternamente libre, ni irremediablemente roto el vaso de oro. Pero, mientras tanto, ¿en qué lugar se encontraba el alma? Sin embargo, aparte de la inevitable conclusión previa de que determinadas causas deben provocar ciertos efectos, de que los bien conocidos procesos de vida en suspenso, una y otra vez, ocasionan forzosamente entierros precipitados, al margen de esta consideración, contamos con el testimonio directo de la experiencia médica y del pueblo que confirma que realmente tienen lugar un elevado número de estos entierros. Yo podría relatar ahora mismo, si fuera preciso, cien ejemplos bien confirmados. Uno de particularidades muy sorprendentes, y cuyas circunstancias quizá quedan aún vivas en el recuerdo de algunos de mis lectores, sucedió hace poco en la vecina ciudad de Baltimore, donde provocó una turbación dolorosa, aguda y muy extendida. La esposa de uno de los más respetables ciudadanos —abogado ilustre y miembro del Congreso— fue asaltada por una inesperada e incomprensible enfermedad, que se mofó del ingenio de los médicos. Después de sufrir enormemente falleció, o eso se pensaba. Nadie imaginó, y en verdad no había indicios para hacerlo, de que no estaba realmente muerta. Presentaba todos los síntomas habituales de la muerte. El rostro tenía el acostumbrado contorno encogido y sumido. Los labios mostraban la palidez corriente de tono marmóreo. Los ojos carecían de brillo. Total ausencia de calor. Las pulsaciones cesaron. Por un espacio de tres días el cuerpo estuvo sin enterrar, y en ese tiempo adquirió una rigidez rocosa. En resumen, se anticipó el funeral por el veloz avance de lo que se sospechaba era descomposición.

La dama fue colocada en el mausoleo familiar, que se mantuvo cerrado durante los tres años siguientes. Al transcurrir ese período se abrió para recibir un féretro, pero, ¡vaya, qué horrible sorpresa esperaba al marido cuando personalmente abrió la puerta! Al empujar los portones, un objeto vestido de blanco cayó rechinando en sus brazos. Era el esqueleto de su esposa con la mortaja puesta.

Una minuciosa investigación evidenció que había revivido dos días después de ser enterrada, que sus luchas en el interior del ataúd habían ocasionado la caída de éste desde una repisa o nicho al suelo, y al romperse el féretro pudo salir de él. Apareció sin aceite una lámpara que por descuido se había dejado llena, dentro de la tumba; puede, quizá, haberse consumido por evaporación. En los peldaños superiores de la escalera que descendía a la horrible cripta había un trozo del ataúd, con el cual, al parecer, la mujer había intentado llamar la atención golpeando la puerta de hierro. Mientras hacía esto, es probable que perdiera el sentido o tal vez muriese de pánico, y al caer, la mortaja se enredó en alguna pieza de hierro que sobresalía hacia dentro. Allí permaneció y así se pudrió, alzada.

En el año 1810 hubo en Francia un caso de sepelio prematuro, en circunstancias que contribuyen mucho a justificar la afirmación de que la verdad es más extraña que la fantasía. La protagonista de la historia era la señorita Victorine Lafourcade, una joven de célebre familia, rica y muy hermosa. Entre sus numerosos pretendientes se encontraba Julien Bossuet, un pobre escritor o periodista de París. Su inteligencia y su gentileza habían despertado la atención de la heredera, que, al parecer, se había enamorado realmente de él, pero la arrogancia de su posición social la llevó finalmente a rechazarlo y a casarse con un tal señor Rénelle, banquero y diplomático de cierta popularidad. Después del matrimonio, sin embargo, este caballero no se preocupó de su mujer y tal vez llegó incluso a maltratarla. Después de unos años infelices ella murió; al menos su estado se parecía tanto al de la muerte que confundió a todos quienes la vieron. Fue enterrada, no en una cripta, sino en una tumba común, en su localidad natal. Atormentado y todavía excitado por el recuerdo de su cariño profundo, el enamorado viajó de la capital a la lejana provincia donde se encontraba la aldea, con la romántica intención de desenterrar el cadáver y apropiarse de sus hermosos cabellos. Llegó a la tumba. A medianoche desenterró el ataúd, lo abrió y, cuando se disponía a cortar los cabellos, se paró ante los ojos de la amada, que se abrieron. La mujer había sido enterrada con vida. Las pulsaciones vitales no habían cesado por completo, y las caricias de su amado la despertaron de aquel letargo que erróneamente había sido confundido con la muerte. Desesperado, el joven la llevó a su alojamiento en la aldea. Utilizó unos poderosos reconstituyentes aconsejados por sus no pocos conocimientos médicos. Resumiendo, ella recuperó la vida. Reconoció a su salvador. Se quedó a su lado hasta que poco a poco y progresivamente recuperó la salud. Su corazón no era tan duro, y esta última lección de amor fue suficiente para enternecerlo. Lo entregó a Bossuet. No regresó junto a su esposo, sino que, ocultando su renacimiento, huyó con su amante a América. Después de veinte años, los dos volvieron a Francia, con la seguridad de que el paso del tiempo había cambiado tanto el aspecto de la dama, que sus amigos no podrían reconocerla. Pero se confundieron, pues al primer encuentro fue con el señor Rénelle que reconoció a su mujer y la reclamó. Ella rehusó la reclamación y el tribunal le dio la razón, certificando que las extrañas circunstancias y el largo período transcurrido habían abolido, no sólo desde un punto de vista equitativo, sino de forma legal la potestad del marido.

La Revista de Cirugía de Leipzig, publicación de gran importancia y prestigio, que algún editor americano haría bien en traducir y publicar, explica en uno de los últimos números un suceso muy lamentable que presenta características similares.

Un oficial de artillería, hombre de enorme estatura y magnífica salud, fue derribado por un caballo rebelde y sufrió una lesión muy grave en la cabeza, que le dejó inconsciente. Tenía una leve fractura de cráneo pero no se percibió un peligro inmediato. La trepanación se llevó a cabo con éxito. Se le practicó una sangría y se adoptaron otros muchos remedios comunes. Pero poco a poco cayó en un sopor cada vez más grave y finalmente se certificó su muerte.

Hacía calor y rápidamente fue enterrado de forma indecorosa en uno de los cementerios públicos. El funeral se celebró un jueves. Al domingo siguiente, el parque del cementerio, como era habitual, se llenó de visitantes, y hacia el mediodía se originó un gran alboroto, causado por las palabras de un campesino que, habiéndose sentado en la tumba del oficial, había sentido agitar la tierra, como si alguien estuviera luchando abajo. Al principio nadie hizo mucho caso a las palabras de aquel hombre, pero su evidente pánico y la obstinada insistencia con que repetía su historia provocaron, al fin, su natural impacto entre el gentío. Rápidamente algunos de ellos consiguieron unas palas, y la tumba, vilmente superficial, estuvo en breves minutos tan abierta que dejó al descubierto la cabeza de su ocupante. Parecía estar muerto, pero estaba casi sentado dentro del ataúd, cuya tapa, en furiosa lucha, había levantado levemente. De inmediato lo trasladaron al hospital más próximo, donde se certificó que estaba vivo, aunque en estado de asfixia. Después de unas horas recuperó la consciencia, reconoció a algunas personas conocidas, y con frases incoherentes relató sus angustias en la tumba.

Por lo que explicó, estaba claro que la víctima permaneció consciente durante más de una hora después de la inhumación, antes de perder el sentido. Habían rellenado la tumba, sin darse cuenta, con una tierra muy porosa, sin aplastar, y por eso recibió un poco de aire. Escuchó los pasos de la multitud sobre su cabeza y a su vez intentó hacerse oír. El tumulto en el parque del cementerio, dijo, fue lo que posiblemente le despertó de un profundo sueño, pero al despertarse se dio cuenta del dantesco horror de su situación. El enfermo, según relata la historia, iba mejorando y parecía encaminado hacia una completa recuperación, cuando cayó víctima de la charlatanería de los experimentos médicos. Se le aplicó la batería galvánica y expiró de pronto en uno de esos paroxismos estáticos que a veces provoca.

La referencia de la batería galvánica, sin embargo, me trae a la memoria un suceso bien conocido y muy asombroso, en que su acción resultó ser la forma de devolver la vida a un joven abogado de Londres que permaneció enterrado durante dos días. Esto sucedió en 1831, y entonces provocó intensa impresión en todas partes, donde era tema de conversación.

El paciente, el señor Edward Stapleton, había muerto, supuestamente, de fiebre tifoidea acompañada de unos síntomas anómalos que atrajeron la curiosidad de sus médicos. Tras su supuesta muerte, se solicitó a sus amigos el permiso para un análisis post mórtem, pero éstos no dieron su consentimiento. Como ocurre con frecuencia ante estas negativas, los médicos decidieron desenterrar el cuerpo y analizarlo a conciencia, en privado. Con facilidad llegaron a un acuerdo con uno de los numerosos grupos de ladrones de cadáveres que abundan en Londres, y a los tres días del entierro, por la noche, el supuesto cadáver fue desenterrado de una tumba de ocho pies de profundidad y trasladado al quirófano de un hospital privado.

Al realizársele una incisión de cierta longitud en el abdomen, el aspecto fresco e incorrupto del sujeto sugirió la idea de aplicar la batería. Hicieron varios experimentos con los resultados acostumbrados, sin nada de particular en ningún sentido, excepto, en una o dos ocasiones, una apariencia de vida mayor de lo normal en cierta acción convulsiva.

Ya era tarde. Iba a amanecer y se creyó conveniente, al fin, proceder de inmediato a la disección. Pero uno de los estudiosos tenía un interés especial de experimentar una teoría personal e insistió en aplicar la batería a uno de los músculos pectorales. Tras realizar una rudimentaria incisión, se estableció rápidamente un contacto; entonces el paciente, con un movimiento dinámico y nada convulsivo, se levantó de la mesa, caminó hacia el centro de la habitación, miró intranquilo a su alrededor unos instantes y entonces habló. Lo que dijo fue incomprensible, pero pronunció algunas palabras, y silabeaba con claridad. Después de hablar, se cayó pesadamente al suelo.

Durante unos instantes todos se quedaron petrificados por el pánico, pero la urgencia del caso en seguida les hizo recuperarse. Se comprobó que el señor Stapleton estaba vivo, aunque estaba inconsciente. Después de administrarle éter volvió en sí y rápidamente recuperó la salud, volviendo a la sociedad de sus amigos, a quienes, sin embargo, se les ocultó toda noticia sobre la resurrección hasta que ya no se temía una recaída. Es de imaginar la maravilla de aquellos y su fascinado asombro.

El dato más sobrecogedor de este suceso, sin embargo, se encuentra en lo que afirmó el mismo señor Stapleton. Declaró que en ningún momento perdió todo el sentido, que de un modo borroso y vago percibía todo lo que le estaba sucediendo desde el instante en que fuera declarado muerto por los médicos hasta cuando cayó desmayado en el suelo del hospital. "Estoy vivo", fueron las ininteligibles palabras que, al reconocer la sala de disección, había intentado articular en aquel grave momento de peligro.

No sería difícil encontrar múltiples historias como éstas, pero me abstengo, porque en realidad no nos hacen falta para establecer el hecho de que se producen entierros prematuros. Cuando pensamos, en las pocas ocasiones en que, por la naturaleza del caso, tenemos la oportunidad de descubrirlos, debemos admitir que quizá suceden más a menudo de lo que nos imaginamos. En verdad, casi nunca se han removido muchas tumbas de un cementerio, por algún motivo, sin que aparecieran esqueletos en posiciones que sugieren la más horrible de las sospechas. La sospecha es terrible, pero es más terrible el destino. Puede confirmarse, sin dudar, que ningún caso se presta tanto a llevar al extremo de la angustia física y mental como el ser enterrado vivo. La insufrible opresión de los pulmones, las emanaciones angustiantes de la tierra húmeda, la mortaja que se adhiere, el rígido abrazo de la estrecha morada, la completa oscuridad de la noche, el silencio como un mar que aturde, la invisible pero patente presencia del gusano triunfador; estas cosas, junto con las ansias del aire y de la hierba que crecen arriba, con el recuerdo de los queridos amigos que volarían a salvarnos si conocieran nuestro destino, y la conciencia de que jamás podrán enterarse, de que nuestra irremediable suerte es la de los verdaderos muertos, estas apreciaciones, señalo, llevan el corazón aún con vida a un grado de espantoso e irresistible horror ante el cual la imaginación más audaz da marcha atrás. Desconocemos algo más angustioso en la Tierra, no podemos imaginar nada tan espantoso en los dominios del más profundo Infierno. Y por este motivo todas las historias sobre este tema despiertan un hondo interés, interés que, sin embargo, gracias a la temerosa reverencia hacia este tema, depende justa y taxativamente de nuestra creencia en la verdad del asunto relatado. Lo que ahora voy a explicar es mi experiencia verdadera y propia, mi conocimiento real.

Durante muchos años padecí ataques de ese extraño trastorno que los médicos han decidido denominar catalepsia, ante la falta de un nombre que lo defina mejor. Aunque tanto las causas inmediatas como las predisposiciones e incluso el diagnóstico de esta enfermedad siguen siendo un misterio, su carácter evidente y palpable es de sobras conocido. Las variaciones parecen serlo, principalmente, de grado. En ocasiones el paciente se queda un solo día o incluso menos tiempo en una especie de exagerado letargo. Está sin sentido y externamente paralizado, pero las pulsaciones del corazón todavía se perciben levemente; quedan unos atisbos de calor, una minúscula coloración persiste en el centro de las mejillas y, al aplicar un espejo a los labios, podemos detectar una torpe, desigual y titubeante actividad de los pulmones. En otras ocasiones el trance dura semanas e incluso meses, mientras el examen más detallado y las pruebas médicas más precisas no consiguen establecer ninguna diferencia material entre el estado de la víctima y lo que concebimos como muerte definitiva. Habitualmente, lo salvan del entierro prematuro sus amigos, que conocen que padecía anteriormente catalepsia, y la consiguiente sospecha, pero ante todo le salva la falta de corrupción. La enfermedad, por suerte, avanza lentamente. Las primeras manifestaciones, aunque marcadas, son claras. Los ataques son cada vez más característicos y cada uno tiene una duración mayor que el anterior. En esto reside la mayor seguridad, en cuanto a evitar la inhumación. El desgraciado cuyo primer ataque tuviera la gravedad con que en ocasiones se presenta, sería casi sin remedio enterrado vivo.

Mi caso particular no se diferenciaba en ningún detalle básico de los citados en los textos médicos. En ocasiones, sin ningún motivo aparente, me hundía poco a poco en un estado de medio síncope, o casi desmayo, y ese estado, sin dolor, sin capacidad de moverme, o realmente de pensar, pero con una turbia y letárgica conciencia de la vida y de la presencia de los que rodeaban mi cama, duraba hasta que la crisis de la enfermedad me devolvía, repentinamente, la consciencia total. Otras veces el ataque era rápido, súbito. Me sentía enfermo, rígido, helado, con estremecimientos y mareos, y, de manera inesperada, me caía abatido. Entonces, durante semanas, todo estaba vacío, negro, tranquilo y la nada se convertía en el universo. La completa aniquilación no podía ser mayor. Despertaba, sin embargo, de estos últimos ataques lenta y paulatinamente, en contra de lo súbito del ataque. Así como amanece el día para el indigente que vagabundea por las calles en la larga y solitaria noche de invierno, sin amigos ni casa, así lenta, agotada, alegre regresaba a mí la luz del alma. Pero, aparte de esta inclinación al síncope, mi salud general era buena, y no hubiera podido imaginar que padecía esta enfermedad, a no ser que una peculiaridad de mi sueño pudiera considerarse causada por ella. Cuando me despertaba, jamás podía recobrar en seguida el uso total de mis facultades, y permanecía siempre durante bastante rato en un estado de desorientación y confusión, ya que las facultades mentales en general y la memoria en particular estaban totalmente anuladas.

En todas mis dolencias no había padecimiento físico, sino una inagotable angustia moral. Mi imaginación se volvió tétrica. Hablaba de "gusanos, de tumbas, de epitafios". Me perdía en pensamientos sobre la muerte, y la idea del entierro prematuro me obsesionaba. El estremecedor peligro al cual estaba expuesto me preocupaba a todas horas. Durante el primero, la tortura de la meditación era excesiva; durante la segunda, era suprema. Cuando las sombrías tinieblas se extendían sobre la tierra, entonces, presa de los más espantosos pensamientos, me estremecía, me estremecía como las temblorosas plumas de un coche fúnebre. Cuando mi naturaleza ya no soportaba la vigilia, me sumía en una lucha que finalmente me llevaba al sueño, pues temblaba pensando que, al despertar, podía encontrarme metido en una tumba. Y cuando, por fin, me vencía el sueño, lo hacía tan sólo para caer al momento en un mundo de fantasmas, sobre el cual flotaba con inmensas y tenebrosas alas negras la única, predominante y sepulcral idea. De las múltiples imágenes melancólicas que me oprimían en sueños elijo para mi relato una visión solitaria. Soñé que había caído en un trance cataléptico más largo y profundo que el resto. Inesperadamente una mano fría se posó en mi frente y una voz nerviosa, balbuceante, musitó en mi oído: "¡Levántate!"

Me incorporé. La oscuridad era completa. No podía distinguir la figura del que me había despertado. No recordaba ni la hora en que había caído en trance, ni el lugar en que me hallaba. Mientras continuaba paralizado, intentando poner en orden mis pensamientos, la fría mano me sujetó fuertemente por la muñeca, sacudiéndola con insolencia, mientras la voz balbuceante hablaba de nuevo:

—¡Levántate! ¿Te dicho que te levantes?

—¿Y tú —le dije—, quién eres?

—Carezco de nombre en las regiones donde vivo —replicó la voz de manera triste—. Fui un hombre y soy un espíritu. Era cruel, pero soy digno de compasión. Ya ves que tiemblo. Me rechinan los dientes cuando hablo, pero no es debido al frío de la noche, de la noche eterna. Pero este horror es inaguantable. ¿Cómo puedes dormir tú tan sosegadamente? No me dejan descansar los gritos de estas largas angustias. Estos espectáculos son más de lo que puedo aguantar. ¡Levántate! Ven conmigo a la noche exterior, y deja que te enseñe las tumbas. ¿No es esta una escena dolorosa?... ¡Observa!

Miré, y ese espectro invisible que aún continuaba apretándome la muñeca logró abrir las tumbas de toda la humanidad, y de todas ellas salían las irradiaciones fosfóricas de la descomposición, de manera que pude ver sus más escondidos rincones y los cuerpos amortajados en su triste y suntuoso sueño con el gusano. Pero, ¡ay!, los que verdaderamente dormían, aunque fueran muchos millones, eran menos que los que no dormían nada, y había una débil lucha, y había un triste y general malestar, y de las profundidades de los múltiples pozos salía el melancólico frotar de las vestiduras de los enterrados. Y, entre aquellos que parecían reposar imperturbables, vi que muchos habían cambiado, poco o mucho, la rígida y desagradable postura en que fueron enterrados. Nuevamente la voz me habló, mientras observaba:

—¿No es esto, probablemente, una escena lamentable?

Pero, antes de poder encontrar algo que responder, el espectro había soltado mi muñeca, las luces fosfóricas se apagaron y las tumbas se cerraron de manera violenta, mientras de ellas salía un tumulto de gritos atormentados, repitiendo: "¡Dios mío! ¿No es esto, con toda seguridad, una escena lamentable?"

Fantasías de este tipo se presentaban por la noche y extendían su sobrecogedora influencia incluso en mis momentos de vigilia. Mis nervios quedaron destrozados, y me invadió un horror continuo. Era incapaz de montar a caballo, de pasear, o de practicar ninguna actividad que me alejara de casa. En verdad, ya no me atrevía a fiarme de mí lejos de la presencia de los que conocían mi predisposición a la catalepsia, por temor a que, en uno de esos ataques, me enterraran antes de conocer mi estado realmente. Vacilaba del cuidado y de la lealtad de mis amigos más queridos. Tenía miedo que, en una crisis más larga de lo habitual, se convencieran de que ya no había solución. Incluso llegaba a temer que, como les provocaba muchas molestias, posiblemente se alegraran de pensar que un ataque prolongado era la excusa perfecta para librarse de una vez por todas de mí. Intentaban, sin éxito, tranquilizarme con las más solemnes promesas. Les exigía, con los juramentos más sagrados, que en ningún caso me enterraran hasta que la descomposición estuviera tan avanzada, que fuese imposible la conservación. Y aun así mis miedos mortales no atendían a razón alguna, no aceptaban ningún consuelo. Empecé con una serie de obsesas precauciones. Entre otras, encargué la remodelación de la cripta familiar de manera que se pudiera abrir con facilidad desde dentro. A la más débil presión sobre una larga palanca que se extendía hasta muy dentro de la cripta, rápidamente se abrirían los portones de hierro. También estaba prevista la entrada libre de aire y de luz, y adecuados recipientes con alimentos y agua, junto al ataúd preparado para recibirme. Este ataúd estaba acolchado con un material suave y cálido y contaba con una tapa fabricada según el principio de la puerta de la cripta, incluyendo resortes ideados de manera que el más débil movimiento del cuerpo bastaría para que se soltara. Además de esto, del techo de la tumba colgaba una enorme campana, cuya cuerda estaba previsto que pasara por un agujero en el ataúd y estaría atada a la mano del cadáver. Pero, ¡vaya!, ¿de qué sirve tantas precauciones contra el destino del hombre? ¡Ni siquiera estas bien calculadas seguridades serían suficientes para liberar de las angustias más extremas del entierro en vida a un desdichado destinado a ellas!

Llegó un momento —como ya con frecuencia me había ocurrido antes— en que me hallé emergiendo de un estado de completa inconsciencia a la primera sensación débil e indefinida de la existencia. Poco a poco, con paso muy lento, se aproximaba el pálido amanecer gris del día psíquico. Una inquietud aletargada. Una sensación indolente de sordo dolor. Ninguna angustia, ninguna esperanza, ningún sacrificio. Así, después de un largo intervalo, un zumbido en los oídos. Luego, tras un espacio de tiempo más largo, una sensación de hormigueo o picazón en las extremidades; a continuación, un espacio de tiempo en apariencia eterno de placentera paz, durante el cual las sensaciones que se despiertan luchan por convertirse en pensamientos; más tarde, otra corta inmersión en la nada; luego, una repentina recuperación. Finalmente, el leve estremecimiento de un párpado; y en seguida, un choque eléctrico de pánico, mortal e indefinido, que impulsa la sangre a torrentes desde la cabeza al corazón. Y entonces, la primera tentativa por pensar, la primera tentativa de recordar. Quizá, un éxito parcial y tenue. Y la memoria recobra su dominio, y aunque levemente, tengo conciencia de mi estado. Noto que no me estoy despertando de un sueño común. Puedo recordar que he sufrido de catalepsia. Y finalmente, como si fuera la embestida de un océano, el único peligro espantoso, el único pensamiento espectral y siempre presente oprime mi espíritu agitado.

Unos minutos más tarde de que esta fantasía se adueñase de mí, me quedé paralizado. ¿Y por qué motivo? No podía reunir fuerzas para moverme. No me atrevía a hacer el esfuerzo que descubriera mi destino, pero a pesar de todo algo en mi corazón me susurraba que era seguro. La angustia —tal como ninguna otra clase de adversidad provoca—, sólo el desespero me llevó, después de una enorme incertidumbre, a abrir mis pesados párpados. Los levanté. Todo estaba oscuro, muy oscuro. Sabía que el ataque había finalizado y que el momento crítico de mi trastorno había pasado. Era consciente que había recuperado el manejo de mis facultades visuales, pero a pesar de ello todo estaba oscuro, oscuro, con la intensa y completa ausencia de luz de la noche que dura eternamente.

Quise gritar, y mis labios y mi lengua reseca se movieron convulsivamente, pero ningún sonido salió de la profundidad de mis pulmones, que, comprimidos como por el peso de una montaña, jadeaban y palpitaban con el corazón en cada inspiración tenaz y difícil. El movimiento de las mandíbulas, en el esfuerzo por gritar, me hizo darme cuenta que estaban atadas, como se hace con los muertos. También comprobé que reposaba sobre una superficie dura, y algo similar me oprimía los costados. Hasta aquel momento no me había atrevido a mover ningún miembro, pero al fin alcé violentamente mis brazos, que estaban estirados, con las muñecas cruzadas. Toparon con una materia sólida, que se extendía sobre mi cuerpo a unas seis pulgadas de mi rostro. Ya no tenía ninguna duda que finalmente descansaba en un ataúd.

Y así, en mitad de toda mi infinita desgracia, apareció dulcemente la esperanza, como un ángel, pues recordé mis precauciones. Me retorcí e hice agitados esfuerzos para abrir la tapa: no se movía. Palpé mis muñecas en busca de la cuerda: no la pude encontrar. Y entonces mi consuelo se marchó para siempre, y una desesperanza aún más inflexible reinó exitosamente pues no pude evitar darme cuenta de la ausencia de las almohadillas que había preparado con tanta meticulosidad, y así llegó de repente a mis narices el fuerte y particular olor de la tierra húmeda. El desenlace era irresistible. No me encontraba en la cripta. Había sucumbido en trance lejos de casa, entre gente desconocida, no podía recordar en qué momento y cómo, y ellos me habían enterrado como a un perro, metido en algún ataúd común, cerrado con clavos, y arrojado bajo tierra, bajo tierra y para siempre, en alguna fosa común y sin nombre.

Cuando esta espeluznante evidencia se abrió paso con fuerza hasta lo más profundo de mi ser, luché de nuevo por gritar. Y este segundo intento tuvo éxito. Un largo, salvaje y continuo grito o alarido de sufrimiento resonó en las estancias de la noche subterránea.

—Escucha, escucha, ¿qué es eso? —dijo una tosca voz, como respuesta.

—¿Qué demonios sucede ahora? —dijo un segundo.

—¡Largo de ahí! —dijo un tercero.

—¿Por qué aúlla de esa forma, como un gato salvaje? —dijo un cuarto.

Y entonces unos seres de aspecto rudo me sujetaron y me sacudieron sin ningún miramiento. No me despertaron del sueño, pues estaba totalmente despierto cuando grité, pero lograron que recobrara mi memoria.

Este episodio sucedió cerca de Richmond, en Virginia. En compañía de un amigo, había bajado, en una expedición de caza, unas millas por las orillas del río James. Se aproximaba la noche cuando nos sorprendió una tormenta. La cabina de una pequeña embarcación anclada en la corriente y cargada de tierra vegetal nos ofreció el único refugio factible. Le sacamos el mayor rendimiento posible y pasamos la noche a bordo. Me dormí en una de las dos literas; no hace falta describir las literas de esta embarcación de sesenta o setenta toneladas. En la que yo descansaba no tenía ropa de cama, y tenía unas dieciocho pulgadas de ancho. La distancia entre el fondo y la cubierta era la misma. Me resultó muy complicado introducirme en ella. Sin embargo, dormí profundamente, y toda mi visión —pues no era ni un sueño ni una pesadilla— nació naturalmente de las circunstancias de mi postura, de la tendencia común de mis pensamientos, y de la dificultad, que ya he citado, de concentrar mis sentidos y sobre todo de recuperar la memoria durante largo rato después de despertarme. Las personas que me sacudieron eran los tripulantes de la embarcación y algunos jornaleros contratados para descargarla. De ese cargamento procedía el olor a tierra. La venda alrededor de las mandíbulas era un pañuelo de seda con el que me había atado la cabeza, al carecer de un gorro de dormir.

Los tormentos que soporté en aquel momento fueron sin duda iguales a los de la verdadera sepultura. Eran de un horror indescriptible, de una turbación sin medida; pero del mal procede el bien, pues su mismo exceso provocó en mi espíritu una reacción inevitable. Mi alma adquirió serenidad, fuerza. Salí fuera. Practiqué duros ejercicios y respiré aire puro. Pensé en otras cosas que no fueran la muerte. Dejé de lado mis textos médicos y quemé el libro de Buchan. No leí más pensamientos nocturnos, ni grandilocuencias sobre cementerios, ni historias de miedo como ésta. En poco tiempo me transformé en un hombre nuevo y viví una vida de hombre. Desde aquella noche memorable eliminé para siempre mis recelos sepulcrales y con ellos se diluyeron los ataques catalépticos, de los cuales es posible que fueran menos consecuencia que causa. Existen momentos en que, incluso para el tranquilo ojo de la razón, el mundo de nuestra triste humanidad puede parecer el infierno, pero la imaginación del hombre no es Caratis para explorar con impunidad todas sus cavernas. Quizá la amenazadora legión de pánicos sepulcrales no se puede calificar como una mera fantasía, pero los demonios, en compañía de los cuales hizo su viaje Afrasiab por el Oxus, tienen que dormir o nos aniquilarán. Tenemos que dejar que descansen, o moriremos.

El Poder de las Palabras

OINOS.— Disculpa, Agathos, la fragilidad de un espíritu al que acaban de nacerle las alas de la inmortalidad.

AGATHOS.— No has dicho nada, Oinos mío, que debe ser perdonado. Ni siquiera aquí el conocimiento es cosa de intuición. La sabiduría sí, la sabiduría pídesela libremente a los ángeles, que te podrá ser concedida.

OINOS.— Pero yo soñé que en esta existencia todo sería conocedor al mismo tiempo, y que lograría de este modo la felicidad por conocerlo todo.

AGATHOS.— ¡Ah, la felicidad no se encuentra en el conocimiento, sino en la adquisición de éste! La bienaventuranza eterna consiste en conocer más y más; pero conocerlo todo sería la maldición de un demonio.

OINOS.— El Altísimo, ¿no es conocedor de todo?

AGATHOS.— Eso (ya que él es muy Bienaventurado) debe ser aún la única cosa desconocida incluso para Él.

OINOS.— Sin embargo, ya que nuestro saber aumenta a cada hora, ¿no llegarán por fin a ser conocidas todas las cosas?

AGATHOS.— ¡Observa las distancias abismales! Intenta que tu mirada llegue hasta la múltiple perspectiva de las estrellas, mientras nos deslizamos lentamente entre ellas... ¡Más allá, siempre más allá! Incluso la visión espiritual, ¿no está detenida por las continuas paredes áureas del universo, las paredes formadas por las miríadas de esos brillantes cuerpos cuyo mero número parece fusionarse en una unidad?

OINOS.— Percibo con nitidez que la infinitud de la materia no es un sueño.

AGATHOS.— No hay sueños en el Edén..., pero se murmura aquí que la única finalidad de esta infinitud de materia es la de ofrecer infinitas fuentes donde el alma pueda aplacar la sed de saber que jamás se extinguirá en ella, ya que agotarla sería acabar con el alma misma. Interrógame, pues, Oinos mío, libremente y sin temor. ¡Ven! Dejaremos a nuestra izquierda la intensa armonía de las Pléyades, lanzándonos más allá del trono a las estrelladas praderas allende Orión, donde en lugar de violetas, pensamientos y trinitarias, encontraremos macizos de soles triples de tres colores.

OINOS.— Y ahora, Agathos, mientras avanzamos, instrúyeme. Háblame con los acentos familiares de la tierra. No he entendido lo que acabas de sugerir sobre las formas o los métodos de aquello que, mientras éramos mortales, estábamos acostumbrados a llamar Creación. ¿Pretender decir que el Creador no es Dios?

AGATHOS.— Quiero decir que la Deidad no crea.

OINOS.— ¡Explícate!

AGATHOS.— Únicamente creó en el inicio. Las aparentes criaturas que en el universo surgen ahora continuamente, su existencia sólo puede ser considerada como el resultado mediato o indirecto, no como el resultado directo o inmediato del poder creador divino.

OINOS.— Entre los hombres, Agathos mío, esta idea sería considerada en extremo como una herejía.

AGATHOS.— Entre los ángeles, Oinos mío, se sabe que es simplemente la verdad.

OINOS.— Llego a comprender hasta este punto: que ciertas operaciones de lo que llamamos Naturaleza o leyes naturales darán lugar, bajo determinadas condiciones, a aquello que tiene toda la apariencia de creación. Muy poco antes de la destrucción final de la tierra recuerdo que se habían efectuado exitosos experimentos, que algunos filósofos denominaron de manera necia creación de animálculos.

AGATHOS.— Los casos de que hablas fueron ejemplos de creación secundaria y de la única especie de creación que hubo nunca desde que la primera palabra dio lugar a la primera ley.

OINOS.— Los mundos estelares que surgen hora tras hora en los cielos, procedentes de los abismos del no ser, ¿no son, Agathos, la obra inmediata de la mano del Soberano?

AGATHOS.— Déjame, Oinos, que intente llevarte paso a paso a la concepción a que menciono. Bien sabes que, así como ningún pensamiento perece, todo acto determina múltiples resultados. Movíamos las manos, por ejemplo, cuando habitábamos la tierra, y cuando lo hacíamos vibraba atmósfera que la rodeaba. La vibración se extendía de forma indefinida hasta impulsar cada partícula del aire de la tierra, que desde aquel momento y para siempre era animado por aquel único movimiento de la mano. Los matemáticos de nuestro planeta conocían bien este hecho. Sometieron a cálculos exactos los efectos producidos por el fluido por impulsos especiales, hasta que les fue fácil determinar en qué preciso período un impulso de determinada extensión rodearía el globo, influyendo (para siempre) en cada átomo de la atmósfera que la circundaba. Retrogradando, no tuvieron dificultad en determinar el valor del impulso original partiendo de un efecto dado bajo condiciones particulares. Ahora bien, los matemáticos que vieron que los resultados de cualquier impulso dado eran interminables, y que parte de tales resultados podía medirse gracias al análisis algebraico, así como que la retrogradación resultaba fácil, vieron a la vez que este análisis poseía en sí mismo la capacidad de un progreso indefinido; que no existían límites concebibles a su avance y aplicabilidad, excepto en el intelecto de aquel que lo hacía avanzar o lo aplicaba. Pero nuestros matemáticos se detuvieron en este punto.

Oinos.— ¿Y por qué, Agathos, hubieran debido seguir?

Agathos.— Porque había, más allá, consideraciones de un interés mucho más profundo. De lo que sabían era posible deducir que un ser de una inteligencia infinita, para quien la perfección del análisis algebraico no tuviese secretos, podría continuar sin dificultad cada impulso dado al aire, y al éter a través del aire, hasta sus remotas consecuencias en las épocas más infinitamente remotas. Puede, ciertamente, demostrarse que cada uno de estos impulsos dados al aire influyen sobre cada cosa individual existente en el universo, y ese ser de infinita inteligencia que hemos imaginado, podría seguir las remotas ondulaciones del impulso, seguirlo hacia arriba y adelante en sus influencias sobre todas las partículas de toda la materia, hacia arriba y adelante, para siempre en sus modificaciones de las formas antiguas; o, dicho de otro modo, en sus nuevas creaciones, hasta que las encontrara reflejadas, después de haber chocado —pero esta vez sin influir— en el trono de la Divinidad. Y no sólo podría hacer eso un ser semejante, sino que en cualquier época, dado un cierto resultado (supongamos que se ofreciera a su análisis uno de esos innumerables cometas), no tendría problemas en determinar, por retrogradación analítica, a qué impulso original era debido. Este poder de retrogradación en su plenitud y perfección absolutas, esta facultad de relacionar en cualquier época, todos los efectos a todas las causa, es indudablemente la prerrogativa única de la Divinidad; pero en sus diferentes y múltiples grados, inferiores a la absoluta perfección, ese mismo poder es ejercido por todas las huestes de las inteligencias angélicas.

OINOS.— Pero tú hablas únicamente de impulsos en el aire.

AGATHOS.— Al hablar del aire sólo me refiero a la tierra, pero mi afirmación general hace referencia a los impulsos en el éter, que, al penetrar, y ser el único que penetra todo el espacio, resulta así el gran medio de la creación.

OINOS.— Así que, ¿todo movimiento, sea cual sea su naturaleza, crea?

AGATHOS.— Eso es; pero una verdadera filosofía ha enseñado hace mucho que la fuente de todo movimiento es el pensamiento... y la fuente de todo pensamiento es...

OINOS.— Dios.

AGATHOS.— Te he hablado, Oinos, como a un ser de la hermosa tierra que perdió la vida hace poco, de impulsos sobre la atmósfera de esa tierra.

OINOS.— Sí.

AGATHOS.— Y mientras te hablaba así, ¿no pasó por tu mente algún pensamiento sobre el poder físico de las palabras? Cada palabra, ¿no es un impulso en el aire?

OINOS.— Pero ¿por qué lloras, Agathos...? ¿Y por qué, por qué tus alas se abaten mientras pasamos sobre esa bella estrella, la más verde y, no obstante, la más terrible con la que nos hemos cruzado en nuestro vuelo? Sus resplandecientes flores parecen un sueño de hadas... pero sus salvajes volcanes tienen similitud con las pasiones de un agitado corazón.

AGATHOS.— ¡Sí así es... así es! Esta estrella tan sorprendente... hace tres siglos que, unidas las manos y arrasados los ojos, a los pies de mi amada, la hice nacer con mis frases exaltadas. ¡Sus resplandecientes flores son mis más queridos sueños sin realizar, y sus coléricos volcanes son las pasiones del más inquieto e impío corazón!

ELEONORA

Provengo de una raza distinguida por su fuerza de la imaginación y la viveza de las pasiones. Los hombres me han llamado desequilibrado; pero aún no se ha aclarado el tema de si la demencia es o no la forma más sublime de la inteligencia, si mucho de lo célebre, si todo lo insondable, no surge de una enfermedad de la mente, de estados de ánimo exaltados a expensas del intelecto general. Los que sueñan de día conocen muchas cosas que escapan a los que sueñan únicamente de noche. En sus sombrías visiones obtienen indicios de eternidad y tiemblan, al despertar, descubriendo que han estado al borde del gran secreto. De una forma incompleta aprenden algo de la propia sabiduría y mucho más del simple conocimiento propio del mal. Se adentran, aunque sin timón ni brújula, en el inmenso océano de la «luz inefable», y de nuevo, como los aventureros del geógrafo nubio, «agressi sunt mare tenebrarum quid in eo esset exploraturi».

Aceptaremos, pues, que no estoy cuerdo. Señalo que, por lo menos, hay dos estados distintos en mi existencia mental: el estado de razón inteligente, que no se puede poner en duda y que pertenece a la memoria de los acontecimientos de la primera etapa de mi vida, y un estado de penumbra e incertidumbre, que se corresponde con el presente y con los recuerdos que forman la segunda época de mi existencia. Por eso, no dudéis de lo que contaré de la primera etapa, y, de lo que pueda relatar de la última, otorgadle sólo el crédito que merezca; o dudad atrevidamente, y, si no podéis vacilar, haced igual que Edipo ante el enigma.

La amada de mis tiempos jóvenes, de quien recibo ahora, con tranquilidad, nítidamente, estos recuerdos, era la única hija de la hermana de mi madre, que había fallecido hacía bastante tiempo. El nombre de mi prima era Eleonora. Siempre habíamos vivido juntos, bajo un sol tropical, en el Valle de la Hierba Irisada. Jamás pudo persona alguna llegar a aquel valle sin un guía que lo acompañara, pues estaba muy alejado entre una cadena de grandes colinas que lo rodeaban con sus promontorios, impidiendo que entrara la luz en sus más hermosos rincones. No había sendero pisado en su vecindad, y para llegar a nuestra dichosa morada era necesario apartar con fuerza la espesura formada por cientos de árboles forestales y pisotear el esplendor de millones de flores aromáticas. De este modo era como vivíamos solos, mi prima, su madre y yo, sin saber nada de aquellos que vivían fuera del valle. Desde las confusas regiones, más allá de las montañas, en el extremo más alto de nuestro circundado dominio, se deslizaba un estrecho y profundo río, y no había nada más reluciente, excepto los ojos de Eleonora; y de manera furtiva en su serpenteante carrera, pasaba, al fin, a través de una lúgubre garganta, entre colinas aún más lúgubres que aquellas de donde saliera. Lo denominábamos el «Río de Silencio», porque parecía haber un poder enmudecedor en su corriente. No se escuchaba ningún susurro de su lecho y se deslizaba con tanta suavidad que los aljofarados guijarros que nos fascinaba observar en la profundidad de su seno no se movían, en inmóvil contentamiento, cada uno en su antigua posición, refulgiendo apoteósicamente para siempre.

Las márgenes del río y de los múltiples arroyos resplandecientes que corrían por caminos zigzagueantes hasta su cauce, así como los espacios que se extendían desde las márgenes descendiendo a las profundidades de las corrientes hasta acariciar el lecho de guijarros en el fondo, esos emplazamientos, no menos que la totalidad de la superficie del valle, desde el río hasta las montañas que lo rodeaban, estaban todos revestidos por una hierba tersa y verde, densa, corta, enormemente uniforme y perfumada de vainilla, pero tan rociada de amarillos ranúnculos, blancas margaritas, purpúreas violetas y asfódelos rojo rubí, que su extraordinaria belleza hablaba a nuestros corazones, con voces elevadas, del amor y la bienaventuranza de Dios.

Y por un lado y por otro, en bosquecillos entre la hierba, como selvas de sueño, brotaban extraordinarios árboles cuyos altos y elegantes troncos no eran rectos, pero se inclinaban de modo gracioso hacia la luz que asomaba a mediodía en el centro del valle. Las manchas de sus cortezas alternaban el impresionante esplendor del ébano y la plata, y no había nada más suave, excepto las mejillas de Eleonora; de manera que, de no ser por el verde vivo de las enormes hojas que se vertían desde sus cimas en largas líneas trémulas, jugueteando con los céfiros, podría habérselos creído gigantescas serpientes de Siria rindiendo fidelidad a su monarca, el Sol.

Eleonora y yo, cogidos de la mano, deambulamos durante quince años por ese valle antes de que el amor penetrara en nuestros corazones. Sucedió una tarde, al finalizar el tercer lustro de su vida y el cuarto de la mía, abrazados junto a los árboles serpentinos, observando nuestro reflejo en las aguas del Río de Silencio. No dijimos nada durante el resto de aquel apacible día, e incluso al siguiente nuestras palabras fueron trémulas, pobres. Habíamos extraído al dios Eros de aquellas ondas y ahora notábamos que había encendido en nuestro interior las ardientes almas de nuestros antepasados. Las pasiones que durante siglos habían distinguido a nuestra raza llegaron en tropel con las fantasías por las cuales también era célebre, y unidos respiramos una felicidad apasionada en el Valle de la Hierba Irisada. Se produjo un cambio en todas las cosas. Raras, relucientes flores estrelladas nacieron en los árboles donde jamás se habían visto flores. Los detalles de la alfombra verde se intensificaron, y mientras las blancas margaritas desaparecían una a una, aparecían, en su lugar, de a diez, los asfódelos rojo rubí. Y la vida surgía en nuestros senderos, pues altos flamencos hasta entonces jamás vistos, y todos los pájaros gayos, resplandecientes, extendieron sus plumas color escarlata ante nosotros. Peces de oro y plata abundaban en el río, de cuyo seno brotaba, lentamente, un susurro que culminó al fin en una suave melodía más divina que la del arpa eólica, y no había nada más dulce que la voz de Eleonora. Y una gigantesca nube que habíamos observado largo tiempo en las regiones del Héspero flotaba en su suntuosidad de oro y carmesí y, propagando paz sobre nosotros, bajaba cada vez más, día a día, hasta que sus bordes descansaron en las cimas de las montañas, transformando toda su oscuridad en resplandor y encerrándonos como para siempre en una especie de mágica casa-prisión de majestuosidad y de gloria.

El encanto de Eleonora era el de los ángeles, pero era una muchacha natural e ingenua, como la fugaz vida que había llevado entre las flores. Ninguna artimaña camuflaba el entusiasta amor que estimulaba su corazón, y junto a mí inspeccionaba los escondrijos más ocultos mientras paseábamos los dos por el Valle de la Hierba Irisada y hablábamos sobre los intensos cambios que habían tenido lugar en los últimos tiempos.

Finalmente, habiendo hablado un día, entre lágrimas, del último y triste camino que debe padecer el hombre, en adelante se demoró Eleonora en este único y lamentable tema, vinculándolo con todas nuestras conversaciones, así como en los cantos del juglar de Schiraz las mismas imágenes se hallan una y otra vez en cada grandiosa alteración de la frase.

Observó que sobre su pecho se posaba el dedo de la muerte, y supo que, como la efímera, había sido creada perfecta en su belleza únicamente para morir; pero, para ella, los terrenos de tumba se reducían a una consideración que me reveló una tarde, a la hora del crepúsculo, a orillas del Río de Silencio. Le dolía pensar que, una vez sepulta en el Valle de la Hierba Irisada, yo abandonaría para siempre aquellos prósperos parajes, trasladando el amor entonces tan ardientemente suyo a otra joven del mundo exterior y corriente. Y entonces, allí, me lancé apresuradamente a los pies de Eleonora y juré, ante ella y ante el cielo, que jamás me uniría en matrimonio con ninguna hija de la Tierra, que en modo alguno me mostraría infiel a su estimada memoria, o a la memoria del abnegado cariño cuya bendición había yo obtenido. Y supliqué al valeroso dueño del Universo como testigo de la misericordiosa solemnidad de mi juramento. Y la maldición de Él o de ella, santa en el Elíseo, que imploré si traicionaba aquella promesa, implicaba un castigo tan espantosos que no puedo nombrarlo. Y los relucientes ojos de Eleonora brillaron todavía más al escuchar mis palabras, y suspiró como si le hubieran extraído de su pecho una carga mortal, y se estremeció y lloró apesadumbradamente, pero aceptó el juramento (pues, ¿no era más que una niña?) y el juramento la animó en su lecho de muerte. Pasados unos días, me dijo, en tranquila agonía, que, como premio ante lo que yo había hecho para tranquilizar su alma, velaría por mí en espíritu después de su marcha y, si se le permitía, regresaría de forma visible durante la vigilia nocturna; pero, si ello estaba fuera del poder de las almas en el Paraíso, por lo menos me daría repetidas muestras de su presencia, suspirando sobre mí en los vientos vesperales, o saturando el aire que yo respirara con el perfume de los incensarios angélicos. Y diciendo estas palabras su inocente vida expiró, representando para mí el fin de mi primera etapa.

Hasta este momento he hablado con precisión. Pero cuando atravieso la barrera que en la senda del Tiempo creó la muerte de mi estimada y empiezo con la segunda etapa de mi vida, siento que una sombra se solidifica en mi cerebro y vacila de la perfecta sensatez de mi historia. Pero dejadme continuar. Los años pasaban lentamente y yo seguía viviendo en el Valle de la Hierba Irisada; pero un segundo cambio había sucedido en todas las cosas. Las flores estrelladas dejaron de verse en los troncos de los árboles y ya no brotaron de nuevo. Las tonalidades de la alfombra verde desaparecieron, y de uno en uno se fueron marchitando los asfódelos rojo rubí, y en su lugar brotaron de a diez oscuras violetas como ojos, que se retorcían inquietas y siempre estaban llenas de rocío. Y la Vida se alejaba de nuestros caminos, pues el alto flamenco ya no dejaba ver su plumaje escarlata ante nosotros, y voló con tristeza del valle a las colinas, con todos los gayos pájaros brillantes que habían llegado junto a él. Y los peces de oro y plata nadaron a través de la garganta hasta el los límites más profundos de su dominio y jamás volvieron a adornar el dulce río. Y la agradable melodía, más suave que el arpa eólica y más divina que todo, excepto la voz de Eleonora, fue muriendo lentamente, en susurros cada vez más sordos, hasta que finalmente la corriente volvió a toda la seriedad de su silencio inicial. En último lugar, la gigantesca nube se alzó y, abandonando los picos de las montañas a la antigua oscuridad, regresó a las regiones del Héspero, llevándose del Valle de la Hierba Irisada sus múltiples fulgores dorados y admirables.

Pero los juramentos de Eleonora no cayeron en el olvido, pues oí el vaivén de los incensarios angélicos, y las olas de un perfume sagrado que flotaban siempre en el valle, y en los momentos de desolación, cuando mi corazón latía con pesadez, los vientos que rozaban mi frente me llegaban repletos de suaves suspiros, y susurros confusos llenaban con frecuencia el aire nocturno, y en una ocasión, solamente en una ocasión, el roce de unos labios espirituales sobre los míos me despertó de un sueño, como el sueño de la muerte.

Pero, aun así, no me era posible llenar el vacío de mi corazón. Deseaba el amor que tiempo atrás lo llenaba hasta derramarse. El valle me provocaba sufrimiento por los recuerdos de Eleonora, y salí de él para siempre en busca de las soberbias y las confusas victorias del mundo.

Terminé viviendo en una extraña ciudad, donde cualquier cosa hubiese podido servir para borrar del recuerdo los dulces sueños que tanto duraran en el Valle de la Hierba Irisada. El lujo y la opulencia de una corte arrogante y el loco estruendo de las armas y la resplandeciente hermosura de la mujer confundieron y contaminaron mi mente. Pero, incluso en aquellos momentos, mi alma se mantuvo fiel a su juramento, y las señales de la presencia de Eleonora aún me llegaban durante las silenciosas horas de la noche. De repente, estas manifestaciones acabaron y el mundo se oscureció ante mis ojos y el pánico me invadió ante los abrasadores pensamientos que me poseyeron, ante las espantosas tentaciones que me perseguían, pues llegó de alguna remota, remotísima tierra desconocida, a la alegre corte del rey a quien yo servía, una muchacha ante cuya hermosura mi corazón desertor se doblegó de inmediato, a cuyos pies me rendí sin ni siquiera una lucha, con la más apasionada, con la más miserable adoración amorosa. ¿Qué era, en verdad, mi delirio por la jovencita del valle, comparado con la pasión, el entusiasmo y el intenso éxtasis de adoración con que vertía toda mi alma en lágrimas a los pies de la sublime Ermengarda? ¡Ah, radiante serafín, Ermengarda! Y sabiéndolo, no me quedaba lugar para ninguna otra. ¡Ah, divino ángel, Ermengarda! Y al mirar en el interior de sus ojos, donde vivía el recuerdo, únicamente pensé en ellos, y en ella.

Contraje matrimonio; no tenía miedo de la maldición que había invocado, y su sufrimiento no vino a verme. Y únicamente una vez, sólo una vez en el silencio de la noche, percibí a través de la celosía los leves suspiros que me habían abandonado, y adoptaron la voz dulce, familiar, para pronunciar estas palabras:

«¡Descansa en paz! Pues el espíritu del Amor domina y gobierna y, al abrir tu impetuoso corazón a Ermengarda, quedas liberado de tus juramentos a Eleonora, por motivos que ya descubrirás en el Cielo.»

CONVERSACIÓN CON UNA MOMIA

La reunión de la noche anterior había sido algo densa para mis nervios. Me dolía mucho la cabeza y me dominaba una invencible somnolencia. Por eso, en lugar de pasar la velada fuera de casa como me lo había propuesto, pensé que lo más razonable era comer algo e irme en seguida a la cama.

Evidentemente hablo de una cena ligera. No hay nada que me guste más que las tostadas con queso y cerveza. Más de una libra por vez, pero no es muy recomendable en determinados casos. En cambio, no hay ninguna oposición que hacer a dos libras. Y, para ser sincero, entre dos y tres no hay solamente una unidad de diferencia. Es posible que esa noche haya llegado a cuatro. Mi mujer afirma que comí cinco, aunque seguramente confundió dos cosas muy distintas. Estoy decido a aceptar la cantidad abstracta de cinco; pero, en concreto, hace referencia a las botellas de cerveza que las tostadas de queso necesitan obligatoriamente a modo de condimento.

Habiendo así dado fin a una moderada cena, me coloqué mi gorro de dormir con el propósito de no quitármelo hasta las doce del día siguiente, dejé caer la cabeza sobre la almohada y, ayudado por una conciencia sin recriminaciones, caí en un profundo sueño.

Pero, ¿cuándo se cumplieron las esperanzas humanas? No había completado mi tercer ronquido cuando la campanilla de la puerta sonó violentamente, seguida de unos golpes en el picaporte que me despertaron al momento. Un minuto después, mientras estaba restregándome los ojos, entró mi mujer con una carta que me lanzó a la cara y que era de mi viejo amigo el doctor Ponnonner. Ponía lo siguiente:

> Abandone lo que está haciendo, estimado amigo, en cuanto reciba esta carta. Venga y únase a nuestro regocijo. Por último, después de constantes gestiones, he logrado obtener el consentimiento de los directores del Museo para proceder al examen de la momia. Ya sabe a cuál me refiero. Tengo permiso para quitarle las vendas y abrirla si así lo deseo. Únicamente unos pocos amigos estarán presentes... y usted, claro está. La momia se encuentra en mi casa y comenzaremos a desatarla a eso de las once de la noche.
>
> Su amigo, *Ponnonner.*

Cuando llegué a la firma, consideré que ya estaba todo lo despierto que un hombre puede estar. Salté de la cama fascinado, haciendo caer cuanto encontraba ante mí; me vestí extraordinariamente rápido y corrí todo lo que pude para ir a casa del doctor.

Encontré allí a un grupo de personas llenas de inquietud. Me habían estado esperando con enorme ansiedad. La momia estaba colocada sobre la mesa del comedor, y nada más entrar comenzó el examen.

Aquella momia era una de las dos traídas hacía pocos años por el capitán Arthur Sabretash, primo de

Ponnonner, de una tumba en las proximidades de Eleithias, en las montañas líbicas, a bastante distancia de Tebas, sobre el Nilo. En aquella región, aunque las grutas son menos majestuosas que las tebanas, presentan mayor interés pues suministran gran cantidad de datos sobre la vida privada de los egipcios. La cámara de donde había sido extraída nuestra momia era muy abundante en esta clase de datos; sus paredes estaban totalmente cubiertas de frescos y bajorrelieves, mientras que las estatuas, vasos y mosaicos de refinadísimo diseño sugerían la fortuna del fallecido.

El tesoro había sido depositado en el museo, de la misma manera en que lo encontrara el capitán Sabretash, es necesario decir que ninguna persona había tocado el ataúd. Había permanecido allí durante ocho años, sometido únicamente a las miradas exteriores del público. Disponíamos ahora, pues, de la momia completa a nuestra disposición; y aquellos que saben cuan extrañamente llegan a nuestras playas antigüedades no robadas, entenderán que no nos faltaban razones para alegrarnos de nuestra buena suerte.

Me acerqué a la mesa y vi una gran caja de casi siete pies de largo, unos tres de ancho y dos y medio de profundidad. Era ovalada, pero no tenía forma de ataúd. Averiguamos al comienzo que había sido elaborada con madera *(platanus)*, pero al cortar un trozo vimos que era de cartón o, más concretamente, de papel maché compuesto de papiro. Aparecía excesivamente decorada con pinturas que representaban escenas funerarias y otros temas de duelo; entre ellos, y ocupando todas las posiciones, se veían grupos de caracteres jeroglíficos que indudablemente contenían el nombre del fallecido. Por suerte, el señor Gliddon era de la partida, y no tuvo problemas para traducir los signos —exclusivamente fonéticos— y decirnos que componían la palabra *Allamistakeo* (puro engaño)

Nos costó mucho más abrir la caja sin que se deteriorara, pero después de hacerlo encontramos una segunda, en forma de ataúd, de menor tamaño que la primera, aunque muy parecida. El hueco entre las dos se había rellenado con resina, por lo cual la caja interna estaba algo decolorada.

La abrimos con bastante facilidad y llegamos a una tercera caja, también en forma de ataúd, igual a la segunda, excepto que era de cedro y despedía aún el particular olor de esa madera. No había ningún espacio entre la segunda y la tercera caja, ya que estaban excesivamente ajustadas.

Una vez abierta esta última, encontramos y sacamos el cuerpo. Habíamos imaginado que, como de costumbre, estaría cubierto de vendas o fajas de lino; pero, en cambio, encontramos una especie de estuche de papiro cubierto de una capa de yeso bastamente dorada y pintada. Las pinturas hacían referencia a los varios deberes del alma y su presentación ante diferentes deidades, todo ello acompañado de muchas figuras humanas iguales, que quizá pretendían ser retratos de la persona fallecida. Extendida de la cabeza a los pies aparecía una inscripción en forma de columna, trazada en jeroglíficos fonéticos, la cual repetía el nombre y títulos del difunto, y los nombres y títulos de sus familiares.

Colgado del cuello de la momia, que emergía de aquel estuche, había un collar de cuentas cilíndricas de vidrio y de diferentes colores, colocados formando imágenes de dioses, el escarabajo sagrado y el globo alado. La cintura estaba rodeada por un cinturón o collar similar.

Cuando extrajimos el papiro, pudimos observar que la carne se encontraba en perfecto estado de conservación y que no emanaba ningún tipo de mal olor. Era de un color rojizo. La piel estaba muy seca, lisa y brillante. Los dientes y el pelo se habían conservado perfectamente. Los ojos (según nos pareció) habían sido extraídos y sustituidos por otros de vidrio, muy bellos y de enorme parecido a los naturales, excepto que miraban de una forma demasiado fija. Los dedos y las uñas habían sido dorados con un tono brillante.

El señor Gliddon pensaba que, dado el aspecto rojizo de la piel, el embalsamamiento se debía haber realizado con betún; pero, al raspar la superficie con un instrumento de acero y lanzar al fuego el polvo así obtenido, sentimos el perfume. Revisamos con sumo cuidado el cadáver, buscando las aberturas comunes por las cuales se sacaban las entrañas, pero, con gran sorpresa, no las encontramos. Todos desconocíamos en aquel momento que a menudo suelen encontrarse momias que no han sido vaciadas. Por lo general es habitual extraer el cerebro por las fosas nasales y los intestinos por una incisión en un lado; después el cuerpo se afeitaba, se lavaba y se ponía en salmuera, donde permanecía varias semanas, hasta el preciso instante del embalsamamiento. Como no encontrábamos ninguna señal de una abertura, el doctor Ponnonner preparaba ya sus instrumentos de disección, cuando advertí que eran que más de las dos de la mañana. Entonces se resolvió aplazar el examen interno hasta la noche siguiente, y estábamos a punto de separarnos, cuando alguien sugirió hacer una o dos pruebas con la pila voltaica.

Si bien la aplicación de electricidad a una momia cuya antigüedad era por lo menos de tres o cuatro mil años no era algo demasiado sensato, en cambio resultaba lo suficiente original como para que todos aceptáramos la propuesta. Un décimo en serio y nueve décimos en broma, dispusimos una batería en el consultorio del doctor y nuestro egipcio fue trasladado hasta allí.

Nos supuso un enorme trabajo dejar al descubierto una porción del músculo temporal, que en apariencia parecía tener una menor rigidez pétrea que otras partes del cuerpo; pero, tal como habíamos presagiado, el músculo no dio la mínima muestra de sensibilidad galvánica cuando establecimos el contacto. Esta primera prueba nos pareció determinante y, riéndonos de nuestra imprudencia, nos despedíamos hasta la siguiente reunión, cuando mis ojos se dirigieron por azar a los de la momia y quedaron clavados por la sorpresa. Me había sido suficiente una mirada para darme cuenta de que aquellos ojos, que creía de vidrio y que nos habían llamado la atención por cierta extraña fijeza, se encontraban ahora tan cubiertos por los párpados que sólo podía verse una pequeña porción de la túnica blanca.

Emitiendo un grito, atraje la atención de todos sobre el fenómeno. Nadie podía poner en duda lo sucedido. No diré que me sentí inquieto, pues en mi caso el término no resultaría del todo preciso. Es posible quizá que de no mediar la cerveza, me hubiera sentido algo nervioso. Respecto al resto de los asistentes, no trataron de disimular el espanto que de ellos se apoderó. Daba pena observar al doctor Ponnonner. El señor Gliddon, gracias a un método inexplicable, había logrado hacerse invisible. En cuanto al señor Silk Buckingham, creo que no se atreverá a negar que a gatas se hubiera metido bajo la mesa.

Una vez que pasó el primer momento de asombro, decidimos de mutuo acuerdo continuar la experiencia. Orientamos nuestros esfuerzos hacia el dedo gordo del pie derecho. Realizamos un corte en la zona exterior del *os sesamoideum pollicis pedis,* llegando hasta la raíz del músculo abductor. Después de reajustar la batería, aplicamos la corriente a los nervios al descubierto. Y con un movimiento asombrosamente lleno de vida, la momia levantó la rodilla derecha hasta ponerla casi en contacto con el abdomen y, estirando la pierna con incomprensible fuerza, descargó contra el doctor Ponnonner un golpe que provocó que el mencionado caballero saliese como una flecha disparada por una catapulta, saliendo por una ventana a la calle.

Todo el grupo fuimos a recoger los destrozados restos de la víctima, pero tuvimos la alegría de hallarla en la escalera, subiendo a toda velocidad, consumido de fervor científico, y más que nunca convencido de que teníamos que continuar con el experimento sin desanimarnos.

Siguiendo su consejo, decidimos practicar una profunda incisión en la punta de la nariz, que el doctor sujetó personalmente con gran fuerza, estableciendo un enorme contacto con los alambres de la pila. Moral y físicamente, de forma figura y literal, el resultado producido fue *eléctrico*. En primer lugar, el cadáver abrió los ojos y los guiñó en varias ocasiones y durante un tiempo, como hace el señor Barnes en su pantomima; después, estornudó; a continuación, se sentó; luego, sacudió con violencia el puño en la cara del doctor Ponnonner; y por último, girándose hacia los señores Gliddon y Buckingham, les soltó en perfecto egipcio el discurso siguiente:

—Tengo que decir, señores, que estoy tan asombrado como mortificado por el comportamiento de ustedes. Ninguna cosa mejor se podía esperar del doctor Ponnonner. Es un pobre idiota que no sabe nada. Lo compadezco y lo perdono. Pero usted, señor Gliddon... y usted, Silk... que han viajado y trabajado en Egipto, al punto que podría decirse que los dos han nacido en nuestra madre tierra... Ustedes, que han vivido entre nosotros hasta hablar el egipcio con la misma perfección que su lengua materna... Ustedes, a quienes había considerado siempre como los fieles amigos de las momias... ¡vaya, ciertamente me esperaba una actitud más cortés de su parte! ¿Qué debo pensar al verlos como contemplan, sin inmutarse, el modo que me están tratando? ¿Qué debo pensar al descubrir que permiten que tres o cuatro individuos me arranquen de mi ataúd y me dejen desnudo en este maldito clima helado? ¿Y cómo debo interpretar, para decirlo de una vez, que hayan permitido e incluso ayudado a ese miserable sinvergüenza, el doctor Ponnonner, a que tirara de mi nariz?

Imagino que nadie se hubiese sorprendido, dadas las circunstancias y el mencionado discurso, que corriéramos hacia la puerta, nos trastornáramos completamente, o nos desmayáramos cuan largos éramos. Era previsible cualquiera de esas reacciones. Cada una de esas reacciones hubiera podido ser perfectamente lógica. Y juro que no entiendo cómo y ni por qué no seguimos ninguna de ellas. Es posible que tengamos que buscar la verdadera razón en el espíritu de nuestro tiempo, que se guía por la ley de las contradicciones y las acepta a menudo como solución de cualquier cosa por vía de paradoja e imposibilidad. Puede ser, asimismo, que el aire tan natural y corriente de la momia despojara a sus palabras de todo efecto estremecedor. De todas formas, el suceso es tal y como lo he contado, y ninguno de nosotros aparentó un pánico especial, ni pareció considerar que lo que ocurría fuese algo que se saliese de la normalidad.

Por mi lado estaba convencido de que todo estaba en orden, y me limité a echarme hacia un lado, lejos del alcance de los puños del egipcio. El doctor Ponnonner se metió las manos en los bolsillos del pantalón, miró fijamente a la momia y se puso muy rojo. El señor Gliddon acarició sus patillas y se ajustó el cuello. El señor Buckingham bajó la cabeza e introdujo el pulgar de su mano derecha en la parte izquierda de su boca.

El egipcio lo miró ásperamente durante bastante tiempo, tras lo cual hizo un gesto de menosprecio y le dijo:

—¿Por qué no me responde, el señor Buckingham? ¿Ha escuchado o no lo que acabo de preguntarle? ¡Extraiga ese dedo de su boca!

El señor Buckingham se sorprendió un poco, se quitó el pulgar derecho del lado izquierdo de la boca y, en contrapartida, introdujo el pulgar izquierdo en el lado derecho de la abertura antes citada.

Al no obtener respuesta del señor Buckingham, la momia se dirigió de malhumor al señor Gliddon y, con tono apremiante, le preguntó cuál era nuestra intención.

El señor Gliddon le respondió de forma detallada en idioma *fonético*; y si no fuera por la ausencia de caracteres jeroglíficos en las imprentas norteamericanas, hubiese estado encantado de reproducir aquí su magnífico discurso en la forma original. Aprovecharé el momento para remarcar que la conversación con la momia se llevó a cabo en egipcio antiguo; tanto yo como los otros miembros no eruditos del grupo contamos con los señores Gliddon y Buckingham como intérpretes. Estos caballeros hablaban la lengua materna de la momia con gran fluidez y gracia; pero tengo que decir (a causa, tal vez, de la introducción de imágenes modernas, totalmente novedosas para el egipcio) en momentos puntuales ambos eruditos se veían obligados a utilizar formas concretas para explicar ciertas cosas. El señor Gliddon, por ejemplo, no pudo hacer entender en cierto momento al egipcio la palabra «política» hasta que no hubo dibujado en la pared, con un carbón, un pequeñísimo caballero de nariz llena de verrugas, con los codos rotos, subido a una tribuna, la pierna izquierda echada hacia atrás, el brazo derecho tendido hacia adelante, el puño cerrado y los ojos mirando hacia el cielo, mientras la boca se abría en un ángulo de noventa grados. De igual forma, el señor Buckingham no pudo hacerle entender el concepto totalmente moderno de *whig,* hasta que el doctor Ponnonner le sugirió el modo adecuado; nuestro amigo se puso muy pálido, pero aceptó el quitarse la peluca.

Se comprenderá fácilmente que el discurso del señor Gliddon se refirió ante todo a los grandes beneficios que el desembalado y destripamiento de las momias había procurado a la ciencia, aprovechando esto para pedir disculpas por todos los inconvenientes que pudiéramos haber ocasionado, en especial a la momia llamada Allamistakeo. Terminó sugiriendo delicadamente (pues apenas era una insinuación) que, una vez explicadas estas cosas, muy bien podíamos continuar con el examen planificado.

Al oír esto, el doctor Ponnonner se dispuso a preparar el instrumental. Pero parece ser que Allamistakeo tenía ciertos escrúpulos de conciencia —cuya naturaleza no pude llegar a entender— con respecto a la obsesión del orador. Sin embargo se mostró satisfecho de las excusas ofrecidas y, bajándose de la mesa, estrechó las manos de todos los que allí se encontraban.

Finalizado este acto, rápidamente nos dedicamos a reparar los daños que el bisturí había provocado en nuestro sujeto. Le cosimos la herida de la frente, le vendamos el pie y le colocamos una pulgada cuadrada de esparadrapo negro en la punta de la nariz.

Entonces notamos que el conde (tal parecía ser el título de Allamistakeo) temblaba levemente, tal vez a causa del frío. El doctor se trasladó de inmediato a su guardarropa, regresando con una extraordinaria chaqueta negra, magníficamente cortada por Jennings; un par de pantalones de tartán celeste con trabillas, una camisa de guinga color rosa, un chaleco de brocado, un abrigo corto blanco, un bastón con puño, un sombrero sin alas, botas de charol, guantes de cabritilla de color paja, un monóculo, un par de patillas y una corbata del modelo en cascada. Dada la diferencia de tamaño entre el conde y el doctor (que estaban en proporción de dos a uno), tuvimos alguna dificultad para colocar aquellas prendas en la persona del egipcio; pero, una vez vestido, hubiera podido decirse que lo estaba de verdad. El señor Gliddon le dio entonces el brazo y lo llevó hasta un cómodo sillón junto al fuego, mientras el doctor llamaba y pedía vino y cigarros.

Rápidamente la conversación se animó. Como es normal, sentíamos una enorme curiosidad ante el hecho bastante notable de que Allamistakeo siguiera aún con vida.

—Hubiera pensado —dijo el señor Buckingham— que estaba usted muerto desde hacía mucho.

—¡Cómo! —replicó el conde, muy sorprendido—. ¡Si apenas he superado los setecientos años! Mi padre vivió mil y no estaba en absoluto decrépito cuando falleció.

A todo esto le siguieron toda una serie de preguntas y cálculos, tras de los cuales fue evidente que la antigüedad de la momia había sido muy bruscamente calculada. Hacía cinco mil cincuenta años y algunos meses, que le habían depositado en las catacumbas de Eleithias.

—Pero mi observación —siguió el señor Buckingham—, no se refería a su edad en el momento de su entierro (ya que no tengo ningún problema en reconocer que es usted un hombre joven), sino a la gran cantidad de tiempo que llevaba, según su propio testimonio, enfundado en betún.

—¿En qué? —dijo el conde.

—En betún —insistió el seño Buckingham.

—¡Ah, sí, creo que ya lo entiendo! El betún podía servir, en efecto; pero en mi tiempo se utilizaba casi exclusivamente el bicloruro de mercurio.

—Lo que nos resulta especialmente difícil de comprender —dijo el doctor Ponnonner— es cómo, después de morir y ser enterrado en Egipto hace cinco mil años, se encuentra usted hoy lleno de vida y con aspecto tan sano.

—Si hubiese estado *muerto,* como usted dice —objetó el conde—, es posible que continuara estándolo; pero veo que se encuentran ustedes en la infancia del galvanismo y no son capaces de llevar a cabo lo que en nuestros antiguos tiempos era ejercicio habitual. Por mi lado, caí en estado de catalepsia y mis mejores amigos pensaron que estaba muerto o que debía estarlo; me embalsamaron, pues, de inmediato, pero... imagino que están ustedes al corriente del principio básico del embalsamamiento.

—¡De ningún modo!

—¡Ah, ya veo! ¡Penosa ignorancia, ciertamente! Pues bien, no entraré en detalles, pero debo decir que en Egipto el embalsamamiento propiamente dicho consistía en la suspensión de forma indefinida de la totalidad de las funciones animales sometidas al proceso. Empleo el término «animal» en su sentido más extenso, comprendiendo no sólo el ser físico, sino el moral y el *vital*. Vuelvo a decir que el principio fundamental consistía entre nosotros en suspender y conservar latentes todas las funciones animales sometidas al proceso de embalsamamiento. Así que resumiendo, cualquiera que fuese la condición en que se hallaba el individuo en el instante de ser embalsamado, así permanecía por siempre. Pues bien, como por suerte soy de la sangre del Escarabajo, fui embalsamado con vida, así como ustedes me ven en estos momentos.

—¡La sangre del Escarabajo! —exclamó el doctor Ponnonner.

—Sí. El Escarabajo era el emblema, las «armas» de una ilustre familia patricia muy poco numerosa. Ser «de la sangre del Escarabajo» significa simplemente pertenecer a dicha familia cuyo emblema era el Escarabajo. Hablo en sentido figurado.

—Pero, ¿qué tiene eso que ver con que usted siga con vida.

—Pues bien, la práctica habitual en Egipto consiste en extraer el cerebro y las entrañas del cadáver antes de ser embalsamado; tan sólo la raza de los Escarabajos estaba exenta de esa práctica. De no haber sido yo un Escarabajo, me hubiera quedado sin cerebro y sin entrañas; no resulta agradable vivir sin ellos.

—Ya veo —dijo el señor Buckingham—, e intuyo que todas las momias que nos han llegado completas pertenecen a la raza del Escarabajo.

—Sin ningún género de dudas.

—Yo había pensado —dijo con cierta timidez el señor Gliddon— que el Escarabajo era uno de los dioses egipcios.

—¿Uno de los *qué* egipcios? —gritó la momia, poniéndose de pie.

—Uno de los dioses —dijo de nuevo el erudito.

—Señor Gliddon, estoy atónito al oírle hablar de ese modo —dijo el conde, sentándose de nuevo—. Ninguna nación de este mundo ha reconocido jamás más de *un dios*. El Escarabajo, el Ibis etc., eran para nosotros los símbolos (como seres semejantes lo fueron para otros), los intermediarios a través de los cuales adorábamos a un Creador demasiado majestuoso para dirigirnos a él directamente.

Tras una pausa, el doctor Ponnonner inició de nuevo la conversación.

—A juzgar por lo que usted nos ha explicado —dijo—, no sería difícil que en las catacumbas cercanas al Nilo haya otras momias de la raza de los Escarabajos y del mismo modo estén con vida.

—No hay duda —respondió el conde—. Todos los Escarabajos embalsamados vivos por accidente continúan con vida. Incluso algunos de aquéllos, embalsamados *intencionadamente,* pueden haber sido olvidados por sus ejecutores testamentarios y, sin lugar a dudas, continúan en sus tumbas.

—¿Tendría usted la amabilidad de explicarnos —pregunté— qué entiende por embalsamar «intencionadamente»?

—Con mucho gusto —repuso la momia, después de mirarme atentamente a través del monóculo, pues era la primera ocasión que me atrevía a preguntarle directamente.

—Con mucho gusto —repitió—. La duración habitual de la vida humana en mi época era de unos ochocientos años. Escasos hombres morían, a no ser por algún accidente fortuito, antes de los seiscientos; pero la cifra anterior era considerada como el término natural. Tras descubrir el principio del embalsamamiento, tal y como lo he explicado antes, nuestros filósofos pensaron que sería probable satisfacer una muy encomiable curiosidad, y a la vez contribuir enormemente a los intereses de la ciencia, si ese término natural era vivido en diferentes etapas. En el caso de la historia, sobre todo, la experiencia había revelado que algo así resultaba imprescindible. Un historiador, por ejemplo, llegado a la edad de quinientos años, escribía un libro con muchísimo entusiasmo, y luego se hacía embalsamar con sumo cuidado, dejando instrucciones a sus albaceas *pro tempore,* para que lo resucitaran después de un cierto tiempo —digamos quinientos o seiscientos años—. Al volver a la vida, el sabio descubría invariablemente que su gran obra se había transformado en una especie de libreta de notas reunidas al azar, algo así como una palestra literaria de todas las suposiciones antagónicas, los enigmas y las pendencias personales de un ejército de enfurecidos comentadores. Aquellas suposiciones, etc., que recibían el nombre de notas o enmiendas, habían tapado, deformado y fastidiado de tal manera el texto, que el autor se veía en la necesidad de encender una linterna para buscar su propio libro. Una vez revelado, no compensaba jamás el esfuerzo de haberlo buscado. Después de escribirlo completamente de nuevo, el historiador consideraba su deber corregir de inmediato, con su conocimiento y experiencias personales, las tradiciones corrientes sobre la época en que había vivido en el pasado. Y de este modo, el proceso de nueva redacción y de rectificación personal, respetado en todas las épocas por los diversos sabios, evitaba que nuestra historia se transformara en una pura fantasía.

—Disculpe usted —dijo en este punto el doctor Ponnonner, apoyando levemente la mano sobre el brazo del egipcio—. Disculpe usted, señor, pero... ¿puedo interrumpirlo un momento?

—Claro que sí, *señor* —respondió el conde.

—Sólo una pregunta —prosiguió el doctor—. Dijo usted las correcciones personales del historiador a las *tradiciones* referentes a su propio tiempo. Dígame usted: ¿qué cantidad de tales tradiciones eran ciertas?

—Pues bien, señor mío, los historiadores descubrían que las tales tradiciones se encontraban totalmente a la par de las historias mismas antes de ser de nuevo escritas; es necesario decir que en ellas no había nunca, y bajo ninguna condición, la menor palabra que no fuera total y completamente falsa.

—De todas formas —insistió el doctor—, puesto que sabemos que han pasado por lo menos cinco mil años desde su entierro, doy por descontado que las historias de aquel período, si no las tradiciones, eran bastante explícitas sobre el tema de mayor interés universal, o sea la Creación, que, como usted sabe bien, se produjo hace tan sólo diez siglos.

—¡Caballero! —exclamó el conde Allamistakeo.

El doctor repitió sus palabras, pero sólo consiguió que el egipcio las comprendiera después de muchas aclaraciones adicionales. Entonces, no sin dudar, dijo esto:

—Manifiesto que las ideas que acaba de sugerirme me parecen totalmente nuevas. En mi época, nunca conocí que alguien defendiera la extraña fantasía de que el universo (o este mundo, si lo prefiere) hubiera tenido jamás un inicio. Únicamente recuerdo que una ocasión —sólo una vez— escuché de un hombre de grandes conocimientos cierta remota insinuación con referencia al origen *de la especie humana,* y esa misma persona utilizó el término Adán (o sea *tierra roja)* que acaba de usar usted. Pero él lo hizo en un sentido muy extenso, refiriéndose a la generación espontánea de cinco vastas hordas humanas salidas del limo (como nacen miles de otros organismos inferiores), y que surgieron a la vez en cinco partes diferentes y casi idénticas del globo.

Al escuchar esto nos miramos, nos encogimos de hombros, y uno o dos se llevaron un dedo a la sien con aire significativo. Entonces el señor Silk Buckingham, después de echar un vistazo al occipucio y a la coronilla de Allamistakeo, habló del modo siguiente:

—La larga duración de la vida en sus tiempos, así como la costumbre ocasional de pasarla en distintas etapas según usted nos ha relatado, debe haber contribuido mucho al desarrollo y a la acumulación general del saber. Pienso, pues, que la notoria inferioridad de los antiguos egipcios en materias científicas, si son comparados con los modernos, y más concretamente con los yanquis, se origina de la mayor consistencia del cráneo de los egipcios.

—Tengo que declarar de nuevo —dijo el conde con mucha amabilidad— que me cuesta un poco entenderle. ¿A qué materias científicas se está refiriendo, por favor?

Todos juntos, le dimos entonces todo tipo de detalles sobre las teorías frenológicas y las extraordinarias del magnetismo animal.

Después de escucharnos hasta el fin, el conde se puso a explicarnos algunas anécdotas que demostraron claramente cómo los prototipos de Gall y de Spurzheim habían florecido en Egipto en tiempos tan antiguos como para que su recuerdo se hubiese perdido; así como que los procedimientos de Mesmer

eran repugnantes artimañas comparados con los verdaderos milagros de los sabios de Tebas, capaces de
crear piojos y muchas otras criaturas parecidas.

Interrogué al conde si su pueblo sabía calcular los
eclipses. Sonrió un tanto despectivamente y me respondió que sí. Esto me turbó un poco, pero conti-
nué haciéndole preguntas sobre sus conocimientos
astronómicos, hasta que uno de los que allí estaban,
que hasta entonces no había dicho nada, me musitó
al oído que para esa clase de informaciones sería mejor consultar a Ptolomeo (sin decirme quién era), así
como a un tal Plutarco, en su *De facie lunoe*.

Entonces pregunté a la momia sobre los espejos us-
torios y lentes, y de forma general sobre la fabricación
del vidrio; pero, pero en cuanto terminé de formular
mis preguntas, el contertulio silencioso me apretó levemente el codo, solicitándome en nombre de Dios
que echara un vistazo a Diodoro de Sicilia. Respecto al
conde, se limitó a preguntarme, a modo de respuesta,
si los modernos contábamos con microscopios que
nos permitieran tallar camafeos como los de los egipcios.

Mientras pensaba de qué manera contestar a esta
pregunta, el pequeño doctor Ponnonner se puso al
descubierto de la forma más sorprendente.

—¡Visite usted nuestra arquitectura! —exclamó,
con gran enfado por parte de los dos egiptólogos,
quienes lo pellizcaban fuertemente sin lograr que se
callara.

—¡Visite la fuente del Bowling Green, de Nueva York! —gritaba exaltado—. ¡O, si le resulta excesivamente difícil de admirar, eche un vistazo al Capitolio de Washington!

Y nuestro extraordinario y pequeño médico prosiguió explicando con detalle las proporciones del edificio del Capitolio. Explicó que tan sólo el pórtico se encontraba decorado con más de veinticuatro columnas, las cuales tenían cinco pies de diámetro y estaban colocadas a diez pies una de otra.

El conde dijo que sentía no recordar en ese momento las medidas exactas de cualquiera de los principales edificios de la ciudad de Aznac, cuyos cimientos habían sido puestos en la noche de los tiempos, pero cuyas ruinas continuaban aún en pie en la época de su entierro, en un desierto al oeste de Tebas. Pero recordaba (ya que de pórtico se trataba) que uno de ellos, perteneciente a un palacio secundario en un suburbio llamado Karnak, tenía ciento cuarenta y cuatro columnas de treinta y siete pies de circunferencia, colocadas a veinticinco pies la una de la otra. A este pórtico se accedía desde el Nilo por una avenida de dos millas de largo, compuesta por esfinges, estatuas y obeliscos, de veinte, sesenta y cien pies de altura. El palacio, hasta donde podía recordar, tenía dos millas de largo, y su circuito completo debía rondar las siete millas. Las paredes estaban ricamente pintadas con jeroglíficos en el interior y exterior. El conde no intentaba *afirmar* que dentro del área del palacio hubieran podido construirse unos cincuenta o sesenta Capitolios como el del doctor, pero, aun sin estar del todo seguro, pensaba que, con algún trabajo, se hubieran podido meter doscientos o trescientos. Está claro, después de todo, que el palacio de Karnak era muy insignificante. De todas formas el conde no podía negarse de manera consciente a admitir el ingenio, la grandeza y la superioridad de la fuente del Bowling Green, tal como la había descrito el doctor. Se veía obligado a reconocer que en Egipto nunca se había visto una cosa igual.

Entonces le pregunté al conde qué opinaba de nuestros ferrocarriles.

Contestó que no opinaba nada en particular. Los ferrocarriles eran un tanto débiles, mal planificados y fabricados de manera torpe. Claro está que no se los podía comparar con las enormes calzadas, perfectamente lisas, directas y con vías de hierro, sobre las cuales los egipcios realizaban el transporte de templos enteros y sólidos obeliscos de una altura de ciento cincuenta pies.

Hice referencia a nuestras enormes fuerzas mecánicas.

Reconoció que algo sabíamos de esas cuestiones, pero me preguntó cómo me las habría arreglado para colocar las impostas de los dinteles, aun en un templo de tamaño tan reducido como el de Karnak.

Tomé la decisión de no atender esta pregunta, y quise saber si sabía algo de los pozos artesianos. El conde se limitó a arquear las cejas, mientras el señor

Gliddon me guiñaba con violencia el ojo y me decía en voz baja que los ingenieros encargados de las perforaciones en el Gran Oasis hacía poco que habían descubierto uno.

Entonces hice mención de nuestro acero, pero el egipcio levantó despectivamente la nariz y me preguntó si nuestro acero habría podido realizar los profundos relieves que se ven en los obeliscos y que se llevan a cabo con la única ayuda de utensilios de cobre.

Esto nos trastocó tanto que consideramos sensato trasladar el ataque al campo metafísico. Mandamos buscar un ejemplar de un libro llamado *The Dial*, y le leímos en voz alta uno o dos capítulos relacionado con algo no muy claro, pero que los bostonianos llamaban el Gran Movimiento del Progreso.

El conde se limitó a decir que los Grandes Movimientos eran cosas penosamente vulgares en sus días; respecto al Progreso, en cierta época había sido un verdadero cataclismo, pero nunca llegó a prosperar.

Hablamos entonces del encanto y de la importancia de la democracia, y tuvimos mucho trabajo para hacer comprender de forma adecuada al conde las ventajas de que disfrutábamos viviendo allí donde existía el sufragio *ad libitum*, y no existía ningún rey.

Nos escuchó muy fascinado y, en verdad, tuve la impresión de que se entretenía muchísimo. Cuando terminamos, nos hizo saber que, hacía mucho tiempo, había sucedido entre ellos algo similar. Trece provincias egipcias decidieron ser libres y dar un excelente ejemplo al resto de los hombres. Sus sabios se reunieron y elaboraron la más ocurrente constitución que se pueda imaginar. Durante un tiempo se las arreglaron muy bien, sólo que su tendencia al engreimiento era prodigioso. Así el tema acabó el día en que los quince Estados, a quienes se agregaron otros quince o veinte, se aliaron creando el más odioso e intolerable despotismo que nunca se haya visto sobre la superficie de la tierra.

Pregunté el nombre del déspota invasor. El conde creía recordar que se denominaba *Populacho*.

Como no sabía qué responder a esto, alcé mi voz para lamentar la ignorancia de los egipcios sobre el vapor. El conde me miró muy extrañado, pero no pronunció ni una palabra. En cambio el contertulio silencioso me dio un fuerte golpe en las costillas con el codo, diciéndome que bastante había hecho ya el ridículo, y preguntándome si en verdad era tan estúpido como para no saber que la moderna máquina de vapor proviene de la invención de Hero, pasando por Salomón de Caus.

Nos encontrábamos en riego de ser derrotados. Pero, entonces, para nuestra buena fortuna, el doctor Ponnonner acudió en nuestra ayuda y preguntó si el pueblo egipcio tenía la intención de rivalizar seriamente con los modernos en el notable asunto del vestido.

El conde, al escuchar esto, observó las trabillas de sus pantalones y, tomando luego uno de los faldones de su chaqueta, se lo acercó a los ojos durante bastante tiempo. Finalmente lo soltó, mientras su boca se extendía progresivamente de una oreja a otra; pero no recuerdo que dijese nada a modo de respuesta.

De este modo recuperamos nuestra energía, y el doctor, aproximándose con gran orgullo a la momia, le solicitó que declarara con sinceridad, por su honor de caballero, si en algún momento los egipcios habían sido capaces de entender la fabricación de las pastillas de Ponnonner o de las píldoras de Brandeth.

Esperamos anhelantes una respuesta, pero fue inútil. La respuesta no llegaba. El egipcio se puso colorado y bajó la cabeza. Nunca se conoció éxito más rotundo; nunca una derrota fue sobrellevada con tan poca gracia. Ciertamente la escena de la mortificación de la pobre momia me resultaba inaguantable. Busqué mi sombrero, me incliné bruscamente y me marché.

Cuando llegué a casa vi que eran más de la cuatro, y me metí en seguida en la cama. En estos momentos son las diez de la mañana. Estoy levantado desde las siete, redactando esta crónica en provecho de mi familia y del resto de los hombres. A mi familia no la volveré a ver. Mi mujer es una bruja. Diré la verdad: estoy amargamente cansado de esta vida y del siglo XIX en general. Estoy seguro de que nada va bien. Además estoy enormemente inquieto por conocer el nombre del Presidente en 2045. Por eso, en cuanto me haya afeitado y haya tomado una taza de café, regresaré nuevamente a casa de Ponnonner y haré que me embalsamen por unos cuantos de cientos años más.

ÍNDICE